뭐— 그런 셈이죠.
Well — that's about it.
재의 마녀 일레이나
마법사 최고위인 「마녀」의 칭호를 가졌다.
혼자 여행하며 일기를 쓰고 있다.
Azure

저는 재의 마녀 일레이나.
강하고 영리한 마녀님입니다.

나는 재의 마녀로서
그 후로 오랫동안 여행을 했다——

마녀의 여행 15

THE JOURNEY OF ELAINA

CONTENTS

제1장 완전판 쇼트 스토리 모음

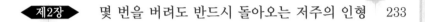

마녀의 여행

THE JOURNEY OF ELAINA

15

Shiraishi Jougi
시라이시 죠우기

Illustration
아즈루

커버 및 본문 일러스트 아즈루

"——그래서 말이죠, 그 남자는 만주를 날름 다 비우고 나서 이렇게 말했어요. 『아아, 무서워. 이번에는 뜨거운 차가 무서워』 라고."

마법사의 나라의 밤하늘에는 아름다운 초승달이 떠 있었습니다. 그 아래, 숙소 안에서 사야 씨는 침대에 걸터앉아 참으로 무섭다는 표정을 지으면서 이야기했습니다.

"……실례지만, 이거, 무서운 이야기라고 했죠? 이 이야기의 어디에 무서운 요소가 있는 건가요?"

"에이. 일레이나 씨, 그걸 물으면 센스가 없는 거예요. 스스로 생각해주세요."

"…………."

밤중에 갑자기 제 방에 들이닥쳐 와서 "무서운 이야기를 하죠!" 같은 말을 꺼낸 것치고는 내용이 빈약해서 물어보았을 뿐이건만, 어째선지 한 소리 듣고 말았습니다. 이해할 수 없군요.

"그럼 이번에는 일레이나 씨 차례예요. 자, 나를 겁먹게 해보세요!"

"네에……."

"아, 하지만 나는 무서운 이야기엔 약하거든요! 아주 살짝 무섭지만 최종적으로는 감동적인 느낌의 이야기로 부탁드려요!"

"주문이 많네요."

저도 무서운 이야기를 해야만 하는 지경이 된 것은 더더욱 이해할 수 없군요. 심지어 허들이 약간 올라가기까지 했습니다.

하지만 유감스럽게도 제게 그런 종류의 이야깃거리가 없는 것도 아니었습니다.

"그러네요. 그럼 비장의 이야기를 하나 들려드리죠."

그리고 저는 이야기했습니다.

어느 곳에 여행자가 있었습니다.

한 나라를 방문한 여행자는 평소처럼 숙소를 빌리고 묵었습니다. 그런데 여행자가 빌린 방은 아무래도 묘했습니다. 밤이면 밤마다 낯선 누군가가 찾아와서는 "에헤헤…… 같이 자요…… 헤헤……"라는 말을 하며 유혹하는 것이었습니다.

신변의 위협을 느낀 여행자는 아무도 들어오지 못하도록 방 안쪽에 장치를 했습니다. 이제 더는 들어오지 못하리라며 안심했습니다.

그러나 낯선 누군가는 무시무시하게도 문을 파괴해버렸던 것입니다.

"그 후 여행자가 어떻게 되었는지를 아는 사람은 아무도 없습니다――――."

제가 이야기를 마치자 사야 씨는 과장되게 몸을 떨었습니다.

"히이익…… 무서워요. 겁나네요. 그 낯선 누군가는 분명 스토커일 거예요! 여행자가 불쌍해."

"참고로 방금 그 이야기는 실화입니다."

"시, 실화……? 히이이익…… 나 무서워요. 일레이나 씨, 같이 자요."

"처음부터그럴셈으로왔겠지만절대로싫습니다."

"너무해! 이대로는 나 무서워서 못 자요! 내일 연습에 영향을 줄 가능성도 있어요!"

"그딴 건 제 알 바 아닙니다. 멋대로 혼자서 떨며 잠드세요."

그리고 저는 한숨을 내쉬면서 그녀를 빤히 노려보았습니다.

"그보다 어서 문을 고쳐주시겠어요?"

【출처 정보】 1권 멜론 북스 구입 특전

【저자 코멘트】

매우 유명한 라쿠고 『만주 무서워(饅頭怖い)』를 소재로 한 이야기입니다. 딱히 의식하지 않았지만, 작품의 한 단락이라 할 수 있는 10권에서도 같은 소재로 쇼트 스토리를 썼습니다. 그것도 완전히 똑같은 제목으로! 너는 아무 생각이 없는 거냐? 시라이시!

"일레이나, 인생 속에서 길러온 건 전부 살아가기 위한 발판이 돼요."

수업의 날들 중에 프랑 선생님은 갑작스레 격언 같은 이상한 말을 하는 경우가 있었습니다.

오랫동안 함께 지내다 보면 상대에 관해 잘 알게 되는 법이라, 이런 발언을 할 때는 대체로 그저 배가 고플 뿐이라고, 그 상태가 정해져 있습니다.

그런고로 저는 노골적으로 인상을 찌푸렸습니다.

"네에…… 그런가요."

그렇게 말하면서.

"네──── 떠올리는 것만으로도 얼굴이 빨개지고 마는 그런 과거나 죽고 싶어질 정도로 괴로운 과거, 누구에게나 있기 마련이죠. 하지만 그것들은 결코 지워버려야 할 것들이 아니에요."

"참고로 선생님은 그런 과거가 있으신가요?"

"물론이죠. 이 나이가 돼서 나비를 쫓아다니다가 미아가 되는 바람에 울상이 된 일이 있었는데, 그게 죽을 만큼 괴로운 과거랍니다……."

"으아아……."

알고 싶지 않았어…….

"일레이나한테는 있나요?"

"바로 지금 프랑 선생님에게 질문했던 일입니다."
"…………."
"그래서, 결국 무슨 말을 하고 싶으신 겁니까?"
"…………."
바로 입가를 누그러뜨리며 선생님은 말했습니다.
"실패를 한다 해도, 그 실패가 있기에 사람은 조금씩 앞을 향해 나아갈 수 있는 거예요. 실패란 앞으로 나아가기 위한 지반이 되죠. 그러니까 겁내지 말고, 다양한 일에 도전하는 게 중요해요."
"참고로, 조금 전에 들려준 실패를 통해 배운 건 뭔가요?"
"나비는 변덕스러워서 쫓아다니면 미아가 된다고 하는 현실이요."
"하지만 저를 처음 만났을 때도 선생님은 나비를 쫓아다니지 않았나요?"
"……앗."
과연, 여전히 지반이 단단하지 못한가 보군요── 아니, 그보다.
"하지만, 그렇다면 가끔은 저 대신 요리를 해주는 것도 좋지 않은가요?"
"아뇨, 아뇨. 저는 그런 건 못 해요."
"말과 행동이 모순되는데요……."
"무슨 말인가요? 저는 『요리를 하지 않는다』를 하고 있는 거예요. 결코 귀찮다는 이유로 요리를 하지 않는 게 아니에요. 저는 일단 하면 잘하는 아이거든요."
"……그래서, 『요리를 하지 않는다』를 통해서 배운 건 뭔가요?"

“제가 만들지 않아도 요리를 잘하는 제자가 있으면 윤택한 생활이 가능하다는 확고한 사실이요.”

“…………..”

“언제나 고마워요.”

지반이 단단하지 못한 것을 넘어 내려앉고 있는 지경.

그게 뭐야? 라는 생각밖에 들지 않는 격언이었습니다. 하지만 바로 앞에서 감사받으니 기쁜 듯한, 쑥스러운 듯한, 미묘한 기분이 들었습니다.

……아무튼, 이번에 그러한 것을 발밑에 굳힌 저였습니다.

“슬슬 밥을 먹을까요?”

【출처 정보】1권 토라노아나 구입 특전

【저자 코멘트】

『마녀의 여행』 제1권용으로 썼던 쇼트 스토리입니다. 점포 특전 쇼트 스토리는 페이지에 제한이 있어서 비교적 억지로 눌러 담거나 하는 일이 종종 있습니다만, 제1권 시점에서 이미 상당히 무리하게 눌러 담은 흔적이 있어서 미소가 지어졌습니다.

어느 숲 깊은 곳에서, 여행자를 동경하는 한 마녀 견습생이 마녀 아래서 수업을 받고 있었습니다.

마녀 견습생의 이름은 일레이나. 잿빛 머리카락과 유리색 눈동자가 가장 특징적인 소녀입니다.

참고로 천재입니다.

그런데 그 천재는 대체 누구인가.

그렇습니다. 저입니다.

"…………."

뭐, 농담입니다만.

"일레이나, 이것 좀 보세요. 최고의 요리를 만들었어요."

프랑 선생님의 그 말도 어떤 농담이었으면 하고 진심으로 바라는 저였습니다.

『일레이나. 저 가끔은 더 맛있는 게 먹고 싶어요.』

선생님이 가당치도 않은 투정을 부린 것은 바로 며칠 전의 일.

언제나 저에게만 요리를 시키는 주제에 대체 무슨 소리를 하는 것인지. 저는 화냈습니다. 인내심의 끈이 뚝 하고 끊어졌습니다.

『싫습니다. 가끔은 선생님이 요리해주세요. 저 화났거든요! 선생님이 요리를 해주실 때까지 저는 절대로 요리하지 않을 겁니다. 꼼짝도 안 할 거예요. 정말이거든요?』

그런 느낌으로 저는 매우 화냈습니다.

역시 반성할 수밖에 없었는지, 선생님은 그다음 날 확실히 요리를 해주었습니다.

해준…… 것은 좋았습니다만.

대체 어찌 된 일일까요. 테이블 위에는 한눈에 보아도 무참한 광경이 펼쳐져 있었습니다.

"……이게 최고의 요리, 입니까……? 하아, 아무래도 선생님 눈이 흐려졌나 봅니다."

저는 탄식했습니다.

그러나 제 탄식은 선생님 귀에 감탄의 한숨으로 들렸는지, 그녀는 "후후후……" 하고 한층 더 미소를 지었습니다.

"자, 보세요. 일레이나. 이거, 식재료로 무얼 썼는지 알겠나요?"

"오징어 먹물 파스타인가요?"

"아뇨 페페론치노예요."

"과연 요즘 페페론치노는 면이 새까만가요? 공부가 되었습니다."

"참고로 면은 최고급을 사용했어요."

프랑 선생님은 태연하기만 했습니다. 아무래도 제 쓴소리는 그녀의 귀를 그대로 통과해버린 모양입니다.

"그럼 다음으로, 이 수프에는 무얼 썼는지 알겠나요?"

"네? 죄송합니다. 액체의 표면이 보이지 않습니다."

"여기에는 말이죠, 최고급 랍스터를 썼답니다."

"……랍스터가 진흙 위에 꽂혀 있는 것으로밖에는 안 보입니다만."

"이건 수프예요."

"수프인가요."
뭐, 선생님이 그렇다면 그런 거겠지요.
"그럼 여기엔 무얼 썼는지 알겠나요?"
"잡초인가요?"
"최고급 샐러드예요."
"최고급 샐러드라니 그게 뭔가요……."
이제 의미 불명이었습니다.
그러나 선생님이 말하고자 하는 바는, 그쯤에서 겨우 알아챌 수 있었습니다.
"저기, 선생님."
저는 망설이는 척을 하며 물었습니다.
"혹시 최고급 식재료를 썼으니 최고의 요리라고 말하고 싶은 건가요?"
"그런데요? 무슨 문제라도?"
"…………최고급인 걸 쓰는 것만으로 최고의 요리가 만들어진다면 아무도 고생은 안 할 겁니다. 오히려 한정된 식재료로 얼마나 맛있는 요리를 만들 수 있는지가, 우리 초보자들이 요리를 만드는 데 있어 중요한 점이라고 봅니다."
고급 요리를 만드는 많은 사람들이 접시의 하얀 부분에 소스로 수수께끼의 문양을 그리거나, 손대기 아까울 정도로 아름답게 담아내거나 합니다만, 그것은 아마도 『아아, 이런. 맛은 완벽한데 뭔가가 부족한걸. 조금 더 예술적인 요소를 더하고 싶어』 같은 식으로 시간이 남아돈 요리사들의 놀이를 하는 듯한 마음이 만들어낸 것이라고 생각합니다.

최고급 식재료를 다루는 사람에게는, 그럴 만한 이유가 있어야만 한다고 생각합니다.

그러나 프랑 선생님은 눈을 가늘게 뜨는 제게 자신감 넘치는 투로 말했습니다.

"일레이나. 제 요리를 먹기 전부터 부정하는 건 어떨까 싶네요. 보기에도 이렇게 멋지잖아요? 맛도 보장해요. 최고예요."

이런.

눈앞의 요리에도 예술적인 요소가 있다는 말씀이십니까.

"…………."

전위적이로군요.

그래서, 실제로 먹어보았습니다.

모든 건 경험.

확실히 먹어보니, 선생님의 요리가 맛있는지 어떤지는 모르겠습니다.

직후에 후회가 위장 저 밑바닥부터 파도처럼 덮쳐왔습니다.

"……우웨에에엑."

무슨 일이 있었는지는 이쯤에서 줄이도록 하겠습니다.

○

"어떤가요? 제 요리, 최고였죠?"

“네. 지금까지 먹어본 것 중 최고로 맛없었습니다. 용케도 그런 걸 자신만만하게 내놓으셨군요. 선생님의 혀는 대체 어떻게 된 겁니까.”

제가 독설을 내뱉었지만, 선생님은 당당한 모습으로.

“어라? 일레이나, 무슨 말을 하는 건가요? 나는 저 요리가 최고라고는 말했지만, 맛있다고는 한마디도 안 했답니다.”

라고 말하는 것이었습니다.

“…………네?”

무슨 소리인가요?

“참고로 저도 아까 시식하고 의식을 잃었어요. 저는 역시 요리에는 소질이 없어요. 최고로 맛없어요. 어떤 식재료를 쓴들 제 손에 걸리면 음식물 쓰레기가 되어버리나 봐요.”

“음식물 쓰레기라는 걸 알면서 어째서 제게 먹인 건가요……?”

“이걸로 이제 제가 얼마나 요리를 못하는지 알았겠죠?”

“………….”

“하지만 일레이나의 요리는 훌륭해요. 진정한 의미에서 최고의 요리예요. 나는 내가 한 요리보다 일레이나의 요리가 먹고 싶어요.”

“………….”

“그런고로 오늘도 일레이나가 요리를 해주세요.”

결국 그렇게 되는 겁니까.

저는 한숨을 한 번 내쉬면서 주방으로 향했습니다. 다행히도 선생님이 이것저것 사 온 식재료가 어이없을 만큼 많았기 때문에 맛을 내는 데 곤란할 일은 없었습니다.

곤란은커녕 고급 식재료가 넘쳐날 만큼 있는 탓에 평소보다도 실력을 발휘한 요리가 완성되어버릴 정도였습니다.

아무래도 보기 좋게 당한 모양이라는 사실을 깨달은 것은 소스로 접시에 그림을 그린 다음의 일이었습니다.

【출처 정보】 GA 문고 공식 Blog

【저자 코멘트】

여름 축제의 포장마차나 바다의 집에서 먹는 야키소바가 이 세상 것이라고는 생각할 수 없을 만큼 맛있는 것처럼, 같은 음식이라도 음식을 둘러싼 환경 하나로 맛이 매우 달라진다고 생각합니다. 맛있는 요리에는 맛있어지는 환경도 중요한 것일 테지요. 터무니없이 커다란 접시에 그려진 수수께끼의 문양도 그러한 연출을 위해 필요합니다.

"일레이나. 사실 나는 말이죠, 마술을 할 수 있답니다."

수업을 하던 어느 날의 일입니다.

숲속, 나무 위에 고즈넉하게 서 있는 작은 집에서.

프랑 선생님은 매우 이상한 말을 하셨습니다.

"선생님, 왜 그러시나요? 결국 머리가 이상해지신 겁니까?"

별무리의 마녀라 불리는 제 스승님은 아무래도 자신이 누구인지를 잊어버린 모양입니다. 정말이지 통탄스러운 일입니다.

"아, 미안해요. 틀렸어요. 잠깐 기다려주세요. 그러니까……."

선생님은『주간 바보라도 이해할 수 있는 마술』이라고 쓰인 책을 허둥지둥 뒤적이며 훑어본 다음, "실수했군요. 방금 건 마법을 쓰지 못하는 사람이 하는 대사였나요……. 미안해요 처음부터 다시 할게요" 같은 말씀을 하셨습니다.

………….

아무래도 선생님은 마술이라는 것에 흥미가 생겼나 봅니다.

"선생님, 한가하신가요?"

"한가하진 않아요. 그저 시간이 있으니까,『아, 그렇지. 마술 같은 걸 할 수 있으면 멋질지도』라고 생각했을 뿐이에요. 그 이외의 특별한 이유는 없어요."

"그 상태를 한가하다고 하는 겁니다."

"그나저나, 일레이나. 지금부터 내기를 살짝 해보지 않을래요?"

“내기 말인가요?”

선생님은 테이블에 트럼프를 놓으며 고개를 끄덕였습니다.

“지금부터 일레이나는 이 트럼프 중에서 좋아하는 카드를 한 장 뽑아주세요. 그 한 장에 쓰인 숫자를 외우고 다시 다른 트럼프 사이에 돌려놔 주세요. 제가 훌륭하게, 일레이나가 뽑은 카드를 알아맞혀 드리죠.”

선생님은 『주간 바보라도 이해할 수 있는 마술』을 한 손에 들고서 말했습니다. 참고로 창간호는 동화 한 닢인가 봅니다. 단, 다음부터는 금화 한 닢. 바가지인가요?

“……그래서 내기라는 건?”

왠지 모르게 예상이 되었습니다만, 만약을 위해 저는 물어두었습니다. 어차피 “내가 이기면 설거지를 대신해주세요” 같은 말을 할 게 틀림없습니다.

“만약 일레이나가 뽑은 카드를 맞힌다면, 내 승리예요. 그럼 설거지를 대신해주세요.”

역시나.

주방에는 대량의 접시와 그릇 등이 넘쳐날 듯이 쌓여 있었습니다. 제가 그만 흥이 올라 지나치게 많이 만들어버린 탓에 사용한 식기의 양이 터무니없어졌던 것입니다. 거기에 더해 프랑 선생님이 만들어낸 암흑물질을 담았던 식기도 함께 더해져 있었던지라, 주방은 그야말로 혼돈 그 자체.

그 양에 질리고 만 것일 테지요.

그래서 못된 마음이 들었던 것일 테지요.

"후후후…… 이 책만 있으면 일레이나의 눈을 속이는 것도 간단해요……."

사기를 칠 마음으로 가득한 프랑 선생님이었습니다.

"그럼, 만약 선생님이 틀리면 일주일간 저 대신 설거지를 해주세요."

간파할 마음으로 가득한 저였습니다.

○

"자, 뽑아보세요."

선생님은 트럼프 다발을 부채처럼 펼치고 이쪽으로 내밀며 말했습니다. 그려진 빨간 무늬가 타원형으로 펼쳐져 있어 흡사 꽃잎 같았습니다.

"에잇."

저는 그 다발 한가운데쯤에서 한 장을 뽑았습니다. 조커였습니다.

그동안 선생님은 힐끔힐끔 『주간 바보라도 이해할 수 있는 마술』에 시선을 주었습니다. 참고로 창간호에는 부록이 딸려 오는 모양이었습니다.

트럼프 다발 한가운데쯤에 조커를 되돌려놓자 선생님은 퍼뜩 정신을 차리고 "카드를 돌려놨죠? 그럼 이제 일레이나가 뽑은 카드를 제일 위로 가져와 볼게요"라며 트럼프 다발을 톡톡 정리했습니다.

그러고서 다발 위로 손을 올리고서.

"……에이얍!"

그런, 뭔가 주문 같은 말을 뱉었습니다. 좀 부끄러운가 봅니다.

그러고서 제일 위의 카드를 뒤집었습니다.

조커였습니다.

"일레이나가 뽑은 건, 이 조커죠?"

선생님은 의기양양한 얼굴이었습니다.

"후후후. 저는 일레이나의 스승이니까요. 일레이나에 관한 거라면 뭐든 다 안답니다."

"…………."

"자, 그럼. 일레이나, 약속대로 설거지를 대신해주겠어요?"

몹시도 의기양양한 얼굴이었습니다.

그런 그녀를 보며 저는 깊은 한숨을 내쉬었습니다.

"틀렸습니다. 제가 뽑은 건 그 카드가 아닙니다."

"이런, 거짓말은 하면 안 돼요. 일레이나, 저는 당신의 스승이거든요? 일레이나에 관한 거라면 뭐든 다 안답니다. 일레이나가 뽑은 건 틀림없이 이 조커예요."

"아뇨. 그 조커가 아닙니다."

"……뭐라고요?"

의아한 듯, 어딘가 불안한 표정을 지어 보이는 선생님에게 저는 딱 잘라 말씀드렸습니다.

"그 트럼프, 전부 조커죠?"

"…………………무슨 말을 하는 건지. 그럴 리 없잖아요?"

"그럼 두 번째 카드도 뒤집어 보여주세요."
"그건 좀."
"선생님."
"거부하겠어요."
"불허합니다. 뒤집어주세요."
"그건 좀."
"어서요."
"거절합니다."
이야기가 진행되지 않는지라 강제로 빼앗았습니다.
선생님의 손에서 빼앗아 온 트럼프들을 테이블 위에 펼쳐보니, 훌륭할 정도로 피에로투성이. 피에로뿐. 이쪽을 그저 바보 취급하는 듯한 잔챙이 같은 미소를 띠고 계십니다.
조커였습니다. 전부.
"아무래도 제 승리인 것 같습니다만."
최대한 의기양양한 표정을 지어 보이자 선생님은 정말이지 분하다는 얼굴을 했습니다.
"……크읏. 어떻게 안 건가요? 제 마술은 완벽했을 터인데……."
선생님은 원망스럽다는 듯이 『주간 바보라도 이해할 수 있는 마술』을 노려보았습니다.
"저는 선생님의 제자인걸요. 선생님에 관한 거라면 뭐든 다 안답니다."
저는 그렇게 말했습니다.

○

『주간 바보라도 이해할 수 있는 마술』

이 책은 매주 비싼 돈을 내는 대신에 간단한 마술을 할 수 있는 도구를 부록으로 주는 모양이었습니다. 표지 문구에 쓰여 있었습니다.

그리고 이어서 『이번 주는 전부 조커인 트럼프가 부록으로! 이걸로 당신도 일류 마술사다!』라고 쓰여 있었습니다.

선생님은 제 눈앞에서 책을 읽었으니, 모든 수법이 훤히 보였던 것입니다. 다른 의미에서 바보라도 이해할 수 있는 마술이었다는 뜻입니다.

"이 많은 걸 나 혼자서 해야만 하는 건가요……. 아아…… 마음이 꺾일 것만 같아요."

주방에 펼쳐진 참상을 마주하고는 고개를 푹 숙이는 프랑 선생님.

제가 어떻게 그녀의 마술을 간파했는지는 아직 밝히지 않았습니다. 아마 앞으로도 밝히지 않을 겁니다.

그게, 선생님은 저에 관한 거라면 뭐든 다 알고 계시잖아요?

【출처 정보】 GA 문고 공식 Blog

【저자 코멘트】

이상, 책 선전을 위해 쇼트 스토리를 발표하는 거다! 라는 편집부의 말에 "그럼 GA 문고 블로그에 실어달라고~"라는 이야기가 되어 게재된 이야기 두 편이었습니다. 사실은 하나 더 있었습니다만, 그건 본편에 넣었습니다.

그날 제가 방문한 나라는 아무래도 묘한 축제를 벌이는 중인지, 거리는 화려한 아치와 장식으로 꾸며져 있었고 늘어선 노점도 묘하게 기합이 들어가 있었습니다.

과연, 아무래도 무슨 축제가 열리나 보다 하고 깨닫기까지는 그리 시간이 걸리지 않았습니다.

그나저나, 그것참.

"저기, 실례합니다."

저는 길을 걸어가던 여성을 붙들고서 고개를 갸웃거렸습니다.

"오늘은 대체 무슨 행사를 하는 건가요?"

그러자 그녀는 갑자기 눈을 빛내더니, "어머나! 당신 여행자야? 우리나라에 온 걸 환영해!"라며 제 양손을 잡고 휙휙 흔들었습니다. 인사치고는 상당히 격하군요.

그녀는 한바탕 제 손을 흔든 다음.

"오늘은 있지, 『우리나라를 찾은 여행자가 단숨에 백 명을 넘은 기념일』이야! 그런 날에 여행을 오다니 그야말로 운명이잖아!"

"네에."

"참고로 어제는 『우리나라가 성실한 국가 운영을 그만둔 기념일』이었고, 내일은 『우리나라의 기념일 총수가 3백을 넘은 기념일』이야!"

어쩐지 그 세 개만으로도 충분하고도 남을 만큼 이 나라가 어떤 나라인지 알아버린 느낌이 들었습니다.

"혹시 연중 이런 축제를 벌이는 겁니까?"

"물론이지! 매일이 기념일이야! ……모레만 빼고."

"그렇다는 건, 모레는 축제를 쉬는 겁니까?"

"아니야. 모레는 유일하게 이렇다 할 만한 기념할 일이 없는 날이거든. 그래서 축제를 못 여는 거야. 우리나라에 있어 축제를 못 한다는 건 죽음이나 마찬가지거든. ……하아. 이틀 전부터 우울해."

그런 것치고는 기운이 남아도는 것 같은데, 우울이라는 단어를 사전에서 찾아보는 편이 좋지 않을까요?

그보다.

"그렇다면 『기념할 게 없는 기념일』로 삼으면 되는 거 아닌가요?"

"그거야!"

눈을 크게 부릅뜨고, 그러고서 그녀는 다시 제 양손을 잡고 훽훽 흔들었습니다. 역시 인사치고는 상당히 격하군요.

훗날, 결국 이 나라의 기념일은 무사히 컴플리트 되어 매일이 축제인 멋진 나라가 완성되었다고 합니다. 멋진 나라는 지금도 매일같이 축제를 열면서, 여행자와 관광객들을 즐겁게 해주고 있다고 합니다.

그나저나 매일 축제를 벌이다니, 지나치게 경사스러운 나라로군요.

매일 축제를 벌일 수 있다는 것도 지나치게 경사스러운 이야기입니다만.

【출처 정보】 GA 노벨 창간 1주년 기념 구입 특전

【저자 코멘트】

GA 노벨 1주년 기념 쇼트 스토리입니다.

1주년 기념과 전혀 관계없는 쇼트 스토리를 쓰는 라이트노벨 작가…….

"오늘 마녀님을 부른 것은 다름이 아닙니다. 요즘 들어, 우리나라의 사기꾼놈들이 교활한 수법을 쓰게 되고 만지라 조언을 꼭 좀 듣고 싶습니다."

한 나라의 관리님에게 갑작스레 불려 간 저는 그러한 부탁을 받았습니다.

대체 여행하는 마녀에게 무얼 기대하고 있는 것일까요? 저는 그저 여행을 할 뿐, 사기 같은 수법에 정통할 리가 전혀 없습니다만――.

"아, 마녀님의 소문은 들었습니다. 최근 이웃 나라에서 수상한 것을 주민에게 팔아 돈벌이를 했다지요?"

"…………."

"협력해주시겠지요?"

과연, 협력하지 않으면 감옥에 처넣겠다고 말하고 싶은가 봅니다.

……이건 즉, 협력 요청이라기보다는 그저 협박이 아닌지?

"마녀님이 이웃 나라에서 벌인 사기적 장사를 몇 가지 조사했습니다."

"아, 네…… 그러시군요……."

"글쎄 이런 자료를 고가에 팔고 있다지요?"

관리님은 저희 사이에 놓인 테이블에 한 묶음의 종이 다발을 내려놓았습니다.

『바보라도 간단히 큰돈을 벌 수 있는 방법!』이라고 표지에 큼직하게 쓰여 있었습니다. 눈에 익은 글씨였습니다. 그렇다기보다는 제 글씨였습니다.

"아, 네…… 배포했죠…… 그런 일이…… 있었죠……."

시선을 피하는 저.

"상당히 번 모양이더군요. 얼마나 벌었습니까?"

"그게…… 죄송합니다구체적인숫자는잊어버렸습니다……."

"오호라. 기억하지 못할 만큼 벌었다는 거군요. 과연, 그렇군요."

펜을 들고 메모장에 뭔가를 적어 넣는 관리님.

"아, 그렇지. 다른 이야기입니다만, 이 자료는 어떻게 팔았습니까? 평범한 종잇조각을 비싸게 파는 일은 그리 간단하지 않을 텐데요?"

어쩐지 심문 같아졌는데요…….

"저기…… 그건 좀 기업 비밀이라는 걸로……."

저는 계속해서 시선을 피했습니다. 말할 수 없는 건 잠자코 있는 게 제일입니다. 그러나.

"이런. 그렇습니까?"

관리님은 저를 빤히 바라보았습니다.

"소문으로 들었습니다만, 아무래도 당신은 이 자료를 『네? 이런 건 비싸서 못 산다고요? 괜찮아요! 이걸 다른 사람에게 팔면 10퍼센트 캐시백인 구조로 되어 있답니다. 즉, 이걸 열 명에게 팔면 본전을 찾을 수 있는 거죠』라느니 뭐니 하며 팔아댔다고 하더군요."

"…………."

"즉, 당신한테 이걸 산 사람이 다시 열 명에게 팔고, 또 그걸 산 열 명이 다시 다른 사람에게 팔고 있는 겁니다만……. 마녀님, 여기에 관해서 뭔가 의견이 있으십니까?"

"………………저기, 혹시 이건 심문……?"

"마녀님."

관리님은 싱긋 웃으면서 저를 보았습니다.

"사태 수습에 협력해주시겠습니까?"

………….

역시 협력하지 않으면 감옥에 처넣겠다고 말하고 싶은가 봅니다.

【**출처 정보**】6권 게이머즈 구입 특전

【**저자 코멘트**】

진짜 사기잖아! 하고 다시 읽으며 생각했습니다. 아마도 이 일레이나 씨는 3권 최종장에서도 나오는 일이 없었던, 마음 깊숙한 곳까지 썩은 일레이나 씨인 거려나요…… 아마도……. 6권을 썼던 무렵에는 그런 느낌의 이야기도 제법 썼던지라 사기 느낌이 가득하네요.

쇼트 스토리 속 일레이나 씨와 마찬가지로 과거 자신이 저지른 짓에 조금 부끄러워졌습니다.

제가 그 나라에 다다른 것은 한낮이었습니다.

이웃 나라 사람들 사이에서 떠도는 소문을 들었습니다. 이곳은 식문화가 좋은 느낌으로 섞인 멋진 나라라고 합니다.

"여행자님, 어서 오십시오."

문 앞에서 병사님이 제게 인사하며 말했습니다.

"여기는 새우 티김의 나라입니다."

"새우……? 네? 뭔가요?"

"새우 티김."

"뭔가요? 그게."

"하하하. 이상한 걸 묻는 여행자님이군요. 새우 티김이란 바로 새우 티김을 말합니다."

"……아뇨. 그러니까 그 새우 어쩌고가 뭔지를 묻고 있는 겁니다만———."

"새우 티김은 새우 티김입니다."

아무래도 자세하게는 가르쳐주지 않으려나 봅니다.

결국 저는 고개를 모로 꼬면서 그 새우 어쩌고 하는 나라로 입국하기에 이르렀던 것입니다.

○

이 나라의 이름이기도 한 새우 어쩌고란 이 나라에서 가장 인기 있으면서도 맛있는, 이 나라가 자랑하는 소울 푸드라고 합니다. 과연, 그렇군요. 대체 어떤 음식인지 궁금합니다.

그런고로. 저는 가까운 찻집으로 걸음을 옮기고, 바로 주문했습니다.

"실례합니다. 이 나라에서 가장 추천하는 요리를 하나 주십시오."

그러나 안타깝게도 이때의 저는 새우 티김이라는 이름을 완전히 잊어버리고 말았기 때문에, 이런 식으로 지극히 얼렁뚱땅인 주문을 해버리고 말았습니다. 하지만 이 나라 제일의 요리라고 한다면, 뭐 자세한 설명 같은 건 필요 없겠지요? 게다가 실제로.

"주문받았습니다."

그렇게, 점원분은 고개를 끄덕이고서 가게 안쪽으로 가버렸으니까요.

얼마 후 돌아왔습니다.

"음식 나왔습니다."

그리고 테이블에 놓인 것은, 대체 어떻게 된 것일까요? 크림이 수북한 올라간 수수께끼의 팬케이크였습니다.

"……저기, 이게 새우 어쩌고인가요?"

제 말에 점원분은 고개를 갸웃거렸습니다.

"아뇨, 아닌데요? 손님, 새우 티김이 드시고 싶으셨던 건가요?"

"아…… 네. 그렇습니다만…… 이 나라는 그 새우 어쩌고의 나라가 아닌가요?"

"우후후. 아니랍니다. 여기는 시○ 누아르의 나라예요."

"실례지만잘안들린부분이있습니다."

"그러니까, 시○ 누아르의 나라입니다."

"…………."

또 새로운 단어가 등장해 당황하는 저. 그때였습니다.

"이런, 그냥 넘길 수 없는 말이군! 여기가 시○ 누아르의 나라라고? 아니지! 여기는 된장조림 우동의 나라다!"

옆자리에서 기세 좋게 일어서며 그렇게 소리친 것은 불량스러운 풍모의 남성이었습니다.

"애초에 이게 주식이 될 수 있는 건가? 이건 디저트일 뿐, 주역이 아닐 텐데!"

불량스러운 남자의 말에 점원분은 눈썹을 끌어올렸습니다.

"어머나! 대체 무슨 말을 하는 거람! 된장조림 우동이 주역이 될 수 있는 건 동절기뿐이잖아! 연중무휴로 주역이 될 수 있는 시○ 누아르야말로 지고라는 걸 어째서 깨닫지 못하는 거야?"

"…………."

또다시 새로운 단어가 등장했고 한층 머리가 슬슬 그런 느낌이 들었습니다.

그런 저를 제쳐두고서 두 사람의 싸움은 히트 업 해나갔습니다.

"그러니까 시○ 누아르가 제일――." "아니 된장조림――."

"거기 당신들. 그쯤 해둬. 여행자님 앞에서 부끄럽지도 않은가?"

손을 댈 수 없을 것 같은 분위기를 느끼던 그때였습니다.

조금 전 문지기를 하고 있던 병사님이 중재에 나서주었습니다.

"제일은 새우 티김이다."

아니었습니다이건기름을부으러왔을뿐이로군요.

"으엉?" "이 자식 무슨 소리를 하는 거야!" "너희야말로 무슨 말을 하는 거냐! 새우 티김의 좋은 점도 이해하지 못하는 애송이 놈들이!"

전부 맛있다고 하면 안 되는 겁니까?

"후웃후웃후웃…… 또 시작인가."

철저하게 방관자가 된 제 옆에 불쑥 솟아나듯 나타난 것은 사연을 다 안다는 얼굴을 한 수수께끼의 노인이었습니다.

애초에 다툼이 일어나거나 하면 이런 다 안다는 얼굴을 한 노인이 갑자기 나타나서 사정을 설명해주는 것이 바로 여행입니다. 잘 기억해두세요.

"아가씨. 보게. 모두 좋아하는 요리로 말다툼을 하고 있지?"

아무래도 사정을 설명해주려나 봅니다.

"즉, 여기는 식문화 전쟁터인 거라네."

"실례지만무슨말씀을하시는건지잘모르겠습니다."

다 안다는 얼굴을 한 노인의 말을 들었지만 유감스럽게도 사정은 여전히 알 수 없는 느낌이었습니다. 식문화의 전쟁터라니 뭡니까?

"후웃후웃후웃…… 자, 보고 있게나."

"……네에."

저는 노인의 말대로 그들의 동향을 지켜보았습니다.

말다툼을 하던 그들은 이윽고 "그럼 어느 게 제일 맛있는지 맛을 보고 비교해보자고" 같은 흐름이 되었고, 그 후 "맛있어……" "고향의 맛이 나……" "뭐야…… 꽤 맛있잖아……"라며 서로의 요리를 칭찬했고, 결국 손을 맞잡고서 화해했습니다.

그 흐름을 거쳐 겨우 저는 이해했습니다.

수많은 식문화를 가진 이 나라는 아마도 지금까지도 이러한 많은 나라와 지방의 요리들이 서로 부딪혀온 것일 테지요. 그때마다 서로를 칭찬하고, 이러한 식문화 중심지가 되었던 것입니다.

저는 매우 감동했습니다.

"문화가 서로 부딪히는 것을 교류라고 하는 거로군요. 할아버지."

제 말에 할아버지는 후읏 하고 웃었습니다.

"미안하지만 무슨 말을 하는 건지 잘 모르겠구먼."

"…………."

아무튼, 이 나라의 음식은 매우 맛있었사옵니다.

【출처 정보】 6권 애니메이트 토카이 지역 한정 특전

【저자 코멘트】

애니메이트 나고야 한정 쇼트 스토리였습니다. 패러디 소재는 재미의 범위를 좁혀버리는지라 그다지 쓰지 않으려 하고 있습니다만, 현지의 쇼트 스토리니까 크게 상관없으려나 싶어서 이번 쇼트 스토리에서는 패러디 소재투성이가 되었습니다.

“일레이나 씨, 일레이나 씨, 나를 어떻게 생각하나요?”

“………….”

여기는 정직한 자의 나라. 거짓말하는 것이 용납되지 않는다, 라기보다 애초에 거짓말하는 것이 불가능한 성가시기 그지없는 나라입니다.

이 나라에서 저는 난처한 상황에 처했습니다.

“나를 어떻게 생각하나요? 아니, 어째서 아까부터 입을 다물고 있는 거죠?”

조금 전부터 같은 질문을 몇 번이고 몇 번이고 반복하는 사야 씨.

저는 한결같이 침묵했습니다.

하는 말이 거짓말투성이인 인간(요컨대 저입니다)에게 있어 이 나라에서 실시되는 시스템은 해롭기만 했습니다.

거짓말을 못 하게 하면 깨끗하고 아름다운 나라가 된다고, 이 나라의 임금님은 그런 생각을 하고 있나 봅니다만, 때때로 진실이란 거짓보다 성가시고 다루기 어려운 것이 될 수도 있습니다.

저는 깊고도 깊은 한숨을 내쉬면서.

“사야 씨. 그런 질문은 그만두세요. 답하기 곤란합니다.”

“네에? 어째서 곤란한가요? 이유를 가르쳐주세요. 간단명료하면서도 구체적으로.”

“………….”

저는 입을 다물었습니다.

이 나라에서 경솔한 언동을 취했다가는 좋지 않은 결과를 초래할 것이 틀림없습니다.

그렇기에 신중하게, 겁쟁이가 되어, 저는 입을 꾹 다물었습니다. 그러나 사야 씨는 역시나 여전히 제 주변을 어슬렁거리면서 계속 질문했습니다.

"일레이나 씨. 나는 말이죠, 일레이나 씨를 매우 신뢰하고 있고, 누구보다도 소중하고———."

"에잇."

꽈악. 그녀의 입에 천을 끼워 넣고 그대로 빙글 머리 뒤로 돌려 묶었습니다.

이걸로 더는 말할 수 없을 테죠.

"어이셔 샨 겅니카?"

어디서 산 거냐고 묻고 싶은가 봅니다.

"당신이 실언을 거듭할 게 틀림없다고 생각했기 때문에 아까 몰래 샀습니다."

"여이주뎌……."

용의주도……라고 말하고 싶은가 봅니다.

"너무 쓸데없는 소리를 계속하면, 이번에는 목 위를 전부 천으로 감싸버릴 테니까 각오해주세요."

"므으……."

그녀의 입을 다물게 하고, 겨우 안전하게 말을 뱉을 수 있게 되고서 저는 안도의 한숨을 내쉬었습니다.

저는 언제까지고 깨끗하고 아름다운, 좋지 않은 결과 따위는 생기지 않는 저로 있고 싶었기에 쓸데없는 말은 입에 올리고 싶지 않습니다.

그보다, 애초에, 일부러 입에 올려 확인하지 않아도 됩니다.

애초에 저는 싫어하는 사람과 사이좋게 함께 여행지를 걷거나 하지 않습니다.

"…………."

뭐, 그런 건 그녀 앞에서는 입이 찢어져도 말하지 않을 테지만요.

【출처 정보】 2권 멜론 북스 구입 특전

【저자 코멘트】

정직한 자의 나라 이야기였습니다. 부끄럽지 않은 척하면서 몹시도 부끄러워하고 있을 거라고는 사야도 생각하지 못했을 테지요.

다른 이야기입니다만, 애니메이션 쪽의 에이헤미아 씨는 엄청나게 귀여웠습니다. 시라이시는 안경 낀 아이를 좋아합니다. 그런고로 왕립 세레스텔리아 이야기에 나오는 야무진 느낌의 아이도 좋아합니다. 그리고 왕자 역의 성우님이 코니시 카츠유키 씨라 깜짝 놀랐습니다. 왕자 매우 멋있었죠…… 더럽게 촌스러운 검을 들고 있지만.

일레이나 씨, 좀 들어보세요……. 내 여동생이 요즘 엄청나게 너무해요. 전부터 꽤 너무한 아이였지만, 최근에는 그게 현저하달까, 아무튼 이전보다 도가 지나친 느낌이 들어요. 언니는 그런 여동생의 반항기가 매우 슬퍼요.

오늘 업무로 돌아가기 위해 짐을 정리하고 있었는데, 그때 내 여동생이 와서는.

"어? 뭐야? 그 더러운 수건은. 그런 걸 쓰는 거야? 언니는 여자 아이니까 좀 더 몸가짐에 신경을 쓰는 게 어때?"

그런 말을 하고 내 수건을 몰수했어요! 너무하지 않은가요? 아직 몇 번밖에 안 썼는데! 그보다 딱히 지저분하지도 않고! 덤으로 "언니한테는 이게 어울려" 같은 말을 하며 새 수건을 던지잖아요! 게다가 엄청나게 좋은 냄새! 너무 좋아!

네? 그 정도는 귀엽잖아? 라고요? 아뇨 아뇨, 일레이나 씨. 하지만 말이죠, 여동생의 만행은 거기서 그치지 않았어요.

"언니. 평소 뭘 먹는 거야? 노점에서 산 빵? 싫다. 그러니까 언제까지고 꼬맹이인 거야. 좀 더 몸에 좋은 걸 먹도록 해."

그렇게 말하면서 싫다는 나를 억지로 근처 고급 레스토랑으로 데려갔어요! 너무하지 않은가요?! 나를 꼬맹이라고 흉보면서, 꼬맹이랑은 전혀 어울리지 않는 가게로 데려가서 구경거리로 삼았어요! 게다가 그 후에 "자요, 아~"라면서 나한테 음식을 먹여줬어요! 너무하지 않은가요?! 구경거리로 삼는 데 그치지 않고 어린애 취급까지 한 거예요! 이런 취급은 처음이라고요!

에헤헷…… 하지만 그런 점도 좋아요!

아, 좋다고 해도 그냥 그거거든요? 일레이나 씨한테는 훨씬 미치지 못한다고 할까, 좋아함의 벡터가 다르다고 할까———.

"딱히 물어보지 않았습니다."

사야 씨의 자랑을 강제 종료시킨 마녀는 대체 누구인가.

그렇습니다. 저입니다.

상당히 지긋지긋하다는 얼굴을 하고 있었으리라 생각합니다.

"……그런 상담을 어제, 사야 씨에게 받았습니다만. 어떻게 생각하나요?"

"딱히 어찌 되든 상관없어."

"그런가요. ……그런데 당신이 지금 소중하게 손에 쥐고 있는 그거, 뭔가요?"

"응? 언니 수건."

"…………."

"언니 냄새가 나."

"……아니 딱히 물어보지 않았습니다."

"안 줄 거야."

"필요없습니다뭡니까대체."

이때의 저도 상당히 지긋지긋하다는 얼굴을 하고 있었으리라 생각합니다.

"우후후…… 언니 정말 좋아."

아무튼, 제가 이 자리에서 할 수 있는 말이라고 하면 하나밖에 없을 것 같습니다.

사야 씨의 여동생이 이렇게 너무할 리가 없어.

【출처 정보】 5권 토라노아나 구입 특전

【저자 코멘트】

너무하다고 말하지만 그저 자랑이 아닌가 싶어지게 만들면서 실제로는 다른 의미에서 평범하게 너무하다(칭찬의 말) 싶었다는 이야기입니다.

그런데 특전 쇼트 스토리가 2권에서 갑자기 5권으로 날아가서, 어이 어이 그사이 권의 쇼트 스토리는 어떻게 한 거야? 하고 생각하고 계실 테지만, 3권과 4권은 딱히 의뢰도 없었기 때문에 쓰지 않았습니다. 참고로 1권과 2권의 쇼트 스토리도 일부 본편에 유용하고 있어서 15권에 수록된 1부터 5권까지의 쇼트 스토리 층이 상당이 얇아졌습니다.

자유의 도시 크노츠에서 일레이나 씨와 오랜만에 재회하고 가슴 설렌 나는 갑자기 "서프라이즈 선물이라도 하면 일레이나 씨가 기뻐하지 않을까?" 하는 생각에 이르렀습니다.

선물로 준비한 것은 평범한 빵.

일레이나 씨가 좋아하는 것이라고 하면 이것밖에 없을 테지요. 저렴하지만, 선물하는 데 있어 중요한 건 금액이 아니라 마음이니까요! 비싼 것보다 본인이 좋아하는 것을 건네야 하는 겁니다.

그런고로 선물을 건네려고 마음먹었습니다만.

"타이밍을 모르겠네요……."

일레이나 씨가 가장 기뻐할 타이밍은 대체 언제일까요? 애초에 일레이나 씨라는 사람은 출출하면 빵. 심심하면 빵. 어쨌든 빵이라는 식으로 24시간 온통 빵에 끌려 들어가는 듯한 성질을 가졌기 때문에 언제 건네도 "어라? 아, 고마워요"라고 대답하면서 이미 직접 산 빵을 베어 물고 있다, 라고 하는 상황이 벌어질 수도 있지 않을까요? 그래서는 내 선물의 의미가 없습니다.

이거 곤란하군요…….

"이야기는 잘 들었어."

으으으음 하고 머리를 끌어안고 있으려니, 여동생 미나가 아무런 전조도 없이 갑자기 나타났습니다. 나는 조금 깜짝 놀랐습니다. 서프라이즈였습니다.

"……미나, 어디서 나타난 거야?"

"나는 언제나 언니를 지켜보고 있어."

"……아, 그렇, 구나……."

"그런 표정 짓지 마."

"나 어떤 표정을 짓고 있어?"

"노골적으로 질렸다는 표정을 짓고 있어."

그러고서 미나는 에헴 하고 어색하게 헛기침을 하고서 "언니, 고민이 있나 보네"라며 나를 내려다보았습니다.

"일레이나 씨에게 선물을 건넬 타이밍 때문에 곤란해 하고 있는 거지?"

"어라? 아는 거야?"

"그럼. 나는 언니 머릿속을 늘 다 알고 있어."

"……아, 그렇, 구나……."

"그런 표정 짓지 마."

"나 어떤 표정을 짓고 있어?"

"감정을 잃은 표정을 짓고 있어."

그러고서 미나는 내게서 고개를 살짝 돌린 다음 "선물을 건네지 못하고 있는 거라면, 도와줄 수도 있는데. 나한테 좋은 방법이 있거든" 하고 말했습니다.

오호라.

"방법이라니?"

진지하게 내가 되묻자 미나는 "후훗" 하고 의기양양하게 머리카락을 살랑 뒤로 넘기더니.

"선물을 건네받은 상대가 가장 기뻐하는 게 뭔지 알아? 언니."
"뭔데?"
"나한테 선물을 받았다고 가정하고 생각해봐."
"미나한테 받으면 뭐든 다 기쁜데."
"…………."
미나는 갑자기 고개를 돌렸습니다.
"지금 그런 이야기를 하고 있는 게 아니잖아."
"응……?"
하지만 새삼 선물을 건네받은 상대가 기뻐하는 것이 무엇인지 생각해보아도 좀처럼 감이 오지 않는지라, 나는 그 후 잠시 "으음……?" 하고 고개를 갸웃거리기에 이르렀습니다.
나는 눈치가 없습니다.
그런 나를 보다 못한 미나는 어깨를 으쓱이고 노골적으로 낙담하더니.
"정말이지 큰일이네."
그렇게 한숨을 한 번 내쉬고서 말했습니다.
뜸을 한참 들인 다음, 매우 의기양양한 얼굴로 말했습니다.
"서프라이즈야."

○

서프라이즈란 무엇인가.
나는 다시 눈치 없음을 발휘해서 미나에게 물었습니다만, 여동생은 “놀라게 하면 대체로 기뻐하는 거야. 언니. 몰래 다가가서 놀라게 한 다음에 선물을 건네는 거지”라고 산뜻하게 대답했습니다.

“……몰래 다가간 다음에 선물을 건넨다…….”

오호라.

……괜찮은데요!

그런고로.

“한가하네요.”

멍하니 찻집에 앉아 있는 일레이나 씨를 노리고서, 나는 그 등 뒤로 접근해 갔습니다. 서프라이즈에 있어서 가장 표준적인 방법이라고 하면 바로 이것일 테지요.

나는 자세를 낮추고, 천천히 접근하면서, 미나와의 대화를 떠올렸습니다.

『언니. 서프라이즈에 있어서 가장 유효한 수단이라고 하면 이것밖에 없어.』

『뒤로 다가가서 “누구게?”란 말이지. 과연, 확실히. 얼마 전까지 미나가 나한테 했던 거잖아.』

『지금 그런 이야기를 하고 있는 게 아니잖아.』

『최근엔 하지 않게 되었지? 어째서야?』

『시끄러워.』

뭐가 어찌 됐든 이 방법이 상대를 가장 기쁘게 하리라는 것은 틀림이 없습니다. 저는 기척을 죽이고, 일레이나 씨의 무방비한 등 뒤로 접근해 갔습니다.

천천히, 조심스럽게.

그리고.

이제 한 걸음 남은 지점까지 접근했을 때.

"왠지 빵 냄새가 나는 것 같네요."

"……읏!"

일레이나 씨가 갑자기 뒤를 돌아보았습니다.

세상에!

저는 허둥지둥 몸을 감추었습니다. 서프라이즈를 할 셈이었는데 반대로 당해서는 아무런 의미도 없습니다. 작전은 실패입니다.

"……어라? 기분 탓, 이었나요……."

결국 일레이나 씨는 독서를 시작했습니다만, 이렇게 된 이상 빵을 건네는 것은 불가능할 테지요.

다른 날 다시 하도록 하죠.

다음 날. 다른 빵을 준비해서 재도전.

이번에는 뒤에서 접근하지 않고, 숨어 있다가 갑자기 튀어 나가 놀라게 하는 작전에 나섰습니다.

그러나.

"어라……? 이 주변에서 향긋한 냄새가…… 나는데요……."

대체 어찌 된 일일까요? 일레이나 씨는 빵을 가진 사람에게 바로 반응하는 것이었습니다. 내가 숨어 있는 곳까지 저벅저벅 다가왔습니다.

이것도 실패입니다.

"…………."

두 번에 걸친 실패로 어렴풋이 눈치채셨으리라 생각합니다만, 그 후로도 내 작전은 모조리 실패로 끝났습니다.

몸을 숨기고 있든, 뒤에서 몰래 다가가든, 멀리에서 관찰하든, 무얼 해도 일레이나 씨는 빵을 가지고 있는 것만으로 "어라? 이 주변에서 빵의 기척이 느껴져요……" 하고 알아차리는 것입니다.

그런고로 내가 제아무리 잘 숨어도 그녀는 바로 눈치챘습니다. 간발의 차이로 매번 몸을 숨겼기 때문에 들키지는 않았습니다만, 그래도 그녀에게 빵을 건넨 적은 단 한 번도 없었습니다.

애초에 빵을 갖고 있는 시점에서 일레이나 씨는 알아차리는 것입니다.

대체 어찌 된 일일까요…….

"우으으으…… 완전히 틀렸잖아요……."

결국 어찌할 도리가 없어 나는 벤치에 앉아 한숨을 내쉬었습니다.

못 해먹겠네요!

그렇게 불만을 늘어놓았습니다.

"한숨이라니 별일이네요. 무슨 일이 있었나요?"

그러자 일레이나 씨가 어디선가 불쑥 나타났습니다. 그리고 "왠지 좋은 냄새가 나네요"라며 표정을 부드럽게 풀었습니다.

"일레이나 씨, 어디서 나타난 건가요?"

"저는 빵이 있는 곳에 언제나 나타난답니다."

"………….."

무슨 말이지……?

"뭔가 고민이라도?"

고민이라고 하면 고민입니다만…….

"저기 말이죠, 일레이나 씨한테———."

빵을 선물하려고 했고, 하지만 그러지 못해서 머리를 끌어안고 있는 거예요 하고 무심결에 말을 할 뻔하다가 저는 퍼뜩 멈추었습니다.

서프라이즈를 할 셈으로 은밀 행동을 했는데, 본인에게 밝히면 의미가 없지 않습니까?

그보다.

애초에.

"그런데, 사야 씨. 그 빵을 하나 줄 수 있나요?"

들켰습니다.

내 빵을 바라보며 일레이나 씨는 우후후 하고 웃을 뿐입니다. 대체 일레이나 씨의 후각은 어떻게 되어 있는 것인지, 내 손에 들린 빵을 가리키며 "하나, 줄래요?" 하고 다시 고개를 갸웃거렸습니다.

"…………."

서프라이즈는 되지 못했지만, 그래도 뭐 원래 일레이나 씨에게 줄 예정이었던 것이니 딱히 상관없겠지요.

"그럼요, 얼마든지요. 하나가 아니라 전부 받으세요."

나는 결국 쓸데없는 잔꾀를 전혀 부리지 않고, 일레이나 씨에게 빵을 매우 평범하게 건넸습니다.

"고마워요."
일레이나 씨는 다시 미소 지었습니다. 나는 일레이나 씨가 기뻐해 주길 바라며 이상한 서프라이즈를 계획하거나 했습니다만, 애초에 일레이나 씨는 빵만 받을 수 있으면 평범하게 기뻐해 주었습니다.
결국, 그러고서 나와 일레이나 씨는 둘이 함께 빵을 먹으며 잠시 휴식을 만끽했습니다.
그러니까 서프라이즈 같은 건 필요 없었던 거로군요!

잠시 후.
빵을 한입 가득 베어 물면서 일레이나 씨는 무언가 찜찜하다는 듯이 미간을 좁히며 얼굴을 찌푸리고 중얼거렸습니다.
"그러고 보니 요즘 누군가에게 늘 감시당하는 것 같은 기분이 들어요……."
"그거 아마도 나일 거예요."
"에엑?"

【출처 정보】 Twitter 투고 작품
【저자 코멘트】
Twitter에 투고한 쇼트 스토리로, 시계열적으로는 5권쯤의 이야기입니다.
다른 이야기입니다만, 애니메이션과 드라마 CD에서는 사야 씨 역을 쿠로사와 토모요 씨가 연기해주고 계십니다만, 자유분방한

©Azure

사야 씨에게 딱 맞는다고 할까, 그야말로 사야 씨가 그곳에 있는 듯 느껴진달까, 정말로 언제 들어도 쿠로사와 씨의 연기는 기분 좋아서 드라마 CD 원고를 쓸 때 사야 씨가 나오는 장면은 글이 술술 잘 써집니다.

“마녀님, 우리나라에 오신 것을 환영합니다!”

그날, 제가 방문한 것은 무엇 하나 특별할 것 없는 나라. 솔직하게 고백하자면, 저는 그곳이 어디의, 무어라 하는 나라인지를 전혀 몰랐습니다. 요컨대 그저 단순히, 여행 중에 별생각 없이 다다랐던 나라가 그곳이었던 것입니다.

모처럼의 기념일이었기 때문에, 가능하면 재미있는 나라에서 머물고 싶다고 생각했습니다만, 그러나 제가 현재 여행하는 지역에 그렇게 재미로 가득한 나라는 없는 모양이었고, 결국 저는 흘러가듯이 그 나라에 다다르고 말았습니다.

문지기 병사님은 제게 경례를 한 다음.

“그럼 입국 절차로 마녀님께 이것저것 질문을 드리겠습니다만.”

그리 말하며 용지와 펜을 손에 들고.

“우선, 마녀님의 이름을 가르쳐주십시오———.”

그렇게 시작된 것은 입국 심사.

이름, 직업, 입국 목적, 그러한 간단한 질문을 몇 가지 받았습니다.

일레이나. 마녀. 관광 유람, 하고 각각의 질문에는 단어로 답했습니다.

그리고 문지기 병사님은 “과연, 그렇군요…… 그럼 생년월일은?” 하고 고개를 갸우뚱했습니다.

입국 심사에서 자주 듣는 질문이었습니다만, 그다지 대답하고 싶지 않았습니다.

하지만 솔직하게 말씀드리지 않으면 이 문 너머로는 나아갈 수 없게 되어버리는지라, 저는.

“10월 17일입니다” 하고 답했습니다.

……그렇게 답했습니다.

그렇습니다.

오늘입니다.

오늘이 제 생일입니다.

그렇기에 답하는 것이 그다지 내키지 않았고, 한편으로는 기념으로 재미있는 나라에라도 가고 싶다고 생각하고 있었습니다.

게다가 오늘이 생일이라는 것을 알면 문지기 병사님은 “오오, 축하드립니다. 이제 몇 살입니까?” 하고 히죽거릴 것이 틀림없습니다. 저는 그게 정말이지 싫었기 때문에 아주 조금 떨떠름하게 대답했습니다.

“……오호라. 10월 17일…….”

제 예상과 달리 문지기 병사님의 반응은 담백했습니다.

“……응? 10월…… 17일……?”

그렇게 생각했건만, 문지기 병사님의 반응은 다소 뒤늦게 찾아왔습니다.

“10월 17일……? 오늘이 아닙니까?! 오늘! 생일이 아닙니까?! 세상에! 무슨 날이람! 이건 큰일이야!”

뒤늦은 것치고는 다소 지나치게 오버스러운 반응이었다고 생각합니다.
“큰일이야아아아아아아아아아아아아아아아아아아아아! 모두 어서 모여어어어어어어어어어어어어!”
……아니 그러니까 오버에도 정도가 있는 게 아닌지.
“마녀님이! 여기 이! 마녀님이! 생일이래애애애애애애애애애애애애애!”
아니 아니 생일 정도로 그렇게까지 소란을 피울 건 없지 않은지.
그런 생각을 하는 저를 무시하고서 문지기 병사님은 그저 소리쳤고, 목소리가 갈라질 정도로 소리쳤고, 그 탓에 사람들이 우왕좌왕하며 모이고 말았습니다.
“뭐라고?” “이 마녀님이 생일이라고?” “그거 큰일인걸!” “모두! 잔치 준비다!” “서둘러 시작해애애애!”
“저기, ……어라?”
저는 당황했습니다.
“자, 자, 마녀님! 이쪽으로!” “모처럼의 생일이니까, 즐기지 않으면 손해예요!” “자, 자, 어서 이쪽으로!”
“저기…… 그……?”
아무튼 저는 당황했습니다.
결국 저는 갑작스레 나타난 그 나라의 사람들에게 이끌려 강제로 입국을 해버리고 말았던 것입니다.
이건 대체…… 무슨 상황인지……?

○

『────어흠, 그럼 오늘 생일인 분을 소개해드리겠습니다.』

영문을 모를 광경이 눈앞에 펼쳐져 있었습니다.

그곳은 어딘가의 파티 회장이라고 할까요? 눈에 들어오는 모든 것이 하얗게 물들어 있었고, 천장에는 샹들리에. 눈앞에는 원탁이 드문드문 놓여 있었고, 그곳에는 온갖 사람들이 있었습니다.

모두가 하나같이 낯선 사람들뿐입니다. 심지어 사회자도 포함해서 모르는 사람입니다.

게다가 저로 말하자면 어째선지 드레스로 갈아입혀져 있는 지경. 이게 대체 무슨 일인지.

『오늘 생일인 마녀님의 이름은 일레이나. 재의 마녀로 전 세계를 여행하고 있는 마녀님이십니다.』

"저기."

『오늘은 10월 17일. 마녀님의 생일입니다. 여러분, 큰 박수를!』

"저기……."

저를 무시하고 진행하는 사회자. 박수갈채를 받은 탓에 제 목소리가 들리지 않은 것일까요. 저는 일단 웃어두면 되는 것일까요? 그보다 이건 대체 뭡니까? 결혼식인가요? 저는 누구와 결혼하는 겁니까?

『참고로 이건 결혼식이 아닙니다.』

뭡니까? 제 마음을 읽는 겁니까?

『생일 파티입니다.』

이런 화려한 생일 파티가 있는 겁니까?

『오늘의 주인공, 일레이나 님. 인사 한마디 부탁드립니다.』

뭔가요? 어째선가요?

그러나 당황하는 저를 무시하고서 역시 생일 파티라는 행사는 진행되어갔고, 어찌어찌 수많은 사람 앞에 서게 되었습니다.

"저기…… 고맙습니다……?"

꾸벅 인사하자 원탁 여기저기에서 박수가 일며 "귀여워!" "세상에서 제일 귀여워!" "뭐? 세상에서 제일은 좀 지나치잖아" "뭐? 지나친 정도가 딱 좋잖아" 등등, 여기저기에서 목소리가 일었습니다. 뭡니까? 이 수치 플레이.

『고맙습니다.』

사회자는 담담하게 그저 철저히 사회를 보았습니다.

『그럼 일레이나 님의 앞으로의 행복을 빌며 건배를 하려고 합니다. 건배사는 일레이나 님의 애인, 사야 님께 부탁드리겠습니다.』

…………

뭐?

은근슬쩍무슨이상한말을하는겁니까이사회자는.

그렇게 당황스러워하고 있었더니, 당연하다는 듯한 얼굴을 하고서 흑발 소녀가 단상 위로 올라왔습니다. 마법 총괄 협회라는 조직에 소속되어 있을 터인 그녀는, 어째선지 오늘은 드레스를 차려입고 한껏 멋을 내고 있었습니다.

"여러분, 안녕하세요! 일레이나 씨의 애인인 사야입니다!"

최악의 자기소개입니다.

"사야 씨, 뭐 하고 있는 겁니까?"

오호라, 그러니까 이건 꿈이로군요? 그렇게 추측한 것은 대략 이 무렵이 되어서부터입니다.

애초에 저와 마찬가지로 평범한 여행자로서 온 세상을 돌아다니고 있을 터인 그녀가 이런 데 있을 리가 없습니다. 있다면 스토커입니다. 스토커.

"일레이나 씨…… 생일, 축하드려요……."

어째선지 그녀의 눈동자가 촉촉했습니다.

"나…… 일레이나 씨 생일에 함께할 수 있어서…… 애인 대표로서 매우 영광이에요……."

"아니 애인이 아———."

"건배애애애애애애애애애애애애애!"

얼버무렸군요.

그녀는 온 힘을 다해서 얼버무렸습니다. 최악입니다. 최악의 자기소개 못지않은 최악의 행동입니다.

건배 후에 잡담 및 식사 타임이 시작되었습니다. 참고로 사야 씨에게 이것저것 묻고 싶은 것이 있었습니다만, 그녀는 제게 손키스를 던진 다음에 "에헤헤" 하고 쑥스러운 듯이 미소 짓고서 원탁 중 하나로 돌아가 버렸습니다. 뭔가요. 뭐, 꿈이니까 상관없습니다만.

『에헴, 오늘 요리는 수인(獸人)인 엘리제 님이 사냥한 토끼를 듬뿍 넣은 요리입니다.』

과연, 그렇군요. 꿈이니까요. 엘리제 씨도 있군요. 그런 거로군요.

건배를 마치자 요리가 차례차례 운반되었고, 잡담 타임에 들어갔습니다. 그렇다고는 해도 단상 위의 저로 말하자면, 드레스로 한껏 꾸미고 있지만 혼자인지라 솔직히 말씀드리자면 심심했습니다.

심심했던지라 깨작깨작 엘리제 씨의 토끼 요리를 맛보았습니다.

얼마 후 사회자가.

『여러분, 환담 중에 실례합니다. 오늘 같은 좋은 날을 맞아 많은 축사 축전을 받은지라, 이쯤에서 일부를 선보이려고 합니다.』

라며 종이를 들고 등장.

심심풀이로는 딱 적당하다고 할 수 있습니다. 참고로 이쯤에서 저는 여러 가지로 익숙해졌습니다. 얼마든지 덤비시죠.

『별무리의 마녀 프랑 님께서 보내주셨습니다.』

잔뜩 준비하고 있었더니 터무니없는 인물에게서 축전이 왔습니다. 제 스승님입니다.

『일레이나. 생일 축하해요. 그런데 내 나이가 몇 살인지 아나요? 우후후, 비밀.』

죄송합니다무슨말인지모르겠습니다.

『이어서, 어두운 밤의 마녀, 실라 님이 보내주셨습니다. "일레이나. 그거 아냐? 금연하면 머리 회전이 엄청나게 느려진대. 대단하지 않아?".』

그렇군요. 그럼 금연해주십시오.

『이어서,「계기사 리리엘」의 주인, 리리엘 님이 보내주셨습니다.

"생일 축하해. 그런데 내가 빌려준 돈은 언제쯤 갚아줄 거야?".』

당신은 꽤 쪼잔하군요.

『계속하지요. 「계기사 리리엘」의 점원, 맥밀리아 님께서 보내주셨습니다. "일레이나. 나도 돈 돌려받지 못했어".』

당신은빌려주지도않았으면서뭘편승하고있는겁니까.

『이어서, 정보상 쌍둥이께서 보내주셨습니다. "생일 짱 축하하옵니다" "앞으로도 잘 부탁드리옵니다".』

신년 인사입니까? 진지하게 하세요.

『이어서…… 어, 구울이 보내주셨습니다. "크으…… 으아……" 일기는 여기서 끝났습니다.』

일기를 마음대로 보내지 말아주세요.

『이어서, 풍차의 나라 부부가 보내주셨습니다. "생일 축하해. 여행자님. 그런데 우리도 결혼했어. 이제 신혼여행을 갈 거야. 우후후. 부럽지?".』

축사 축전을 자랑하는 데 이용하지 말아주세요.

『이어서, 하드보일드한 여 마법사님(자칭)께서 보내주셨습니다. "하드보일드니까 이름은 밝히지 않겠어! 그게, 그쪽이 하드보일드스러운걸! 그건 그렇고 생일 축하해! 선물로 커피를 진상할우웨에에에에엑" 으음, 종이가 더러워져서 이 이상은 읽을 수 없습니다.』

너무해.

『이어서, 아트리 님께서 보내주셨습니다. "생일 축하해요. 오늘 당신의 기념해야 할 날에 함께하지 못해서 미안해요. 부디 오늘

하루의 추억을 마음에 담고 앞으로의 여행을 즐겨주세요”.』

뭔가 평범한 말을 하고 있을 뿐인데도 묘하게 감동하고 말았습니다.

『이어서, 비올라 님께서 보내주셨습니다. “독설가면서도 제대로 된 문장을 쓰는 아트리 귀여워! 하고 말했다가 맞았어요”.』

그렇겠죠.

『이어서, 근육질 씨께서 보내주셨습니다. “결혼이란! 근육이다! 줄어드는 일도 늘어나는 일도 있다. 그러나 늘 함께한다! 그리고 때로 근육처럼 찢어지고 아픔을 낳는 일도 있을 것이다! 그렇다! 근육통과 결혼 생활 중의 서먹서먹한 시기는 아주 비슷하다! 그러나 초조해할 것 없다. 몇 번을 찢어지든, 몇 번을 아파하든, 그 아픔을 견뎌야만 내일이 있다. 근육통을 뛰어넘으면, 근육은 한층 강고한 인연을 만들어내며 믿음직하게 성장해가는 것이다. 내가 하고자 하는 말을 알겠나? 그래, 근육 트레이닝이야말로 결혼이다. 즉 나는 근육과 결혼하고 싶다”.』

결혼이 아닙니다 착각하지 말아주세요. 그리고 이제 그만 근육에서 졸업해주세요.

『이어서, 약 열다섯 명 정도의 일레이나 님을 대표해서, 외국인 같은 일레이나 님께서 보내주셨습니다. “하라쇼”.』

네네 하라쇼 하라쇼.

『이어서 빗자루 님께서 보내주셨습니다. “최근 솔 끝이 너무 갈라졌어요. 관리를 부탁드립니다”.』

이건 건의함이 아닙니다. 그보다, 당신은 24시간 저와 함께 있지 않습니까?

『이어서, 아빌리아 님께서 보내주셨습니다. "일레이나 씨, 언니가 최근 어디론가 가버렸는데 짚이는 바가 없나요?".』

없습니다.

그보다, 뭐라고요? 행방불명?

『음, 또, 그 외에도 많은 분들이 축사 축전을 보내주셨습니다만, 다음은 이제 슬슬 귀찮으므로 생략하겠습니다.』

결국 무척이나 신경 쓰이는 불온한 말을 마지막으로 축사 축전이라 이름 붙여졌을 뿐인 그냥 자기소개 타임은 막을 내렸습니다.

……암네시아 씨가, 행방불명?

어째서?

○

축사 축전 피로가 끝나고, 얼마간 식사와 잡담이 이뤄진 후에 이번에는 케이크 커팅이 시작되는 모양이었습니다.

슈트 차림의 여성이 제 근처로 케이크를 운반해 왔습니다.

뭡니까 이건 웨딩 케이크입니까?

『그럼, 생일 케이크 커팅식을 갖도록 하겠습니다.』

아니었습니다 생일 케이크 커팅식이었습니다. 아니 커팅식이라니 너무 거창하지 않습니까?

"저기, 그보다 저 혼자서 자르는 건가요?"

웨딩 케이크를 자를 때는 신랑 신부가 사이좋게 손을 꼭 잡고 우후후 해가며 케이크를 자르지 않습니까? 사회자가 『첫 공동 작업입니다!』 하고 분위기를 띄우면서 『애정의 크기가 전해지도록 크게 떠서 먹여주세요!』 같은 말을 하면서 신랑 입에 다디단 설탕 덩어리를 집어넣는 것이 통례가 되어 있습니다. 『오옷? 커다랗군요. 이거 장래에 무서운 아내가 될지도 모르겠군요』 같은 딱히 재미있지도 않은 농담을 던지는 것도 대략 이쯤입니다.

그러나, 생일이라는 것은, 나, 혼자?

……외롭지 않은가요?

『이번 차례는 케이크 커팅식으로, 특별히 함께 잘라줄 분을 소개하겠습니다! 여러분, 박수로 맞이해주십시오!』

이 부분의 전개는 아무래도 본래의 결혼식과는 다른가 봅니다.

박수로 환영을 받으며 한 소녀가 사벨을 손에 들고 단상 위로 올라왔습니다.

하얀 쇼트커트의 소녀는 "안녕하세요!"라며 사벨을 휙휙 휘둘렀습니다.

"……………………………………………………암네시아 씨, 여기서 뭐 하는 건가요?"

행방불명된 아빌리아 씨의 언니가 이곳에 있었습니다.

그러나 저는 그다지 놀라지 않았습니다. 그게 조금 전부터 슬쩍슬쩍 보였으니까요. 스테이지 뒤에서 "아직인가? 아직인가?" 하고 눈동자를 빛내는 것이 보였으니까요.

"아니, 일레이나 씨의 생일이라고 들었거든? 그래서 왔어."

"당신이 제 여자 친구입니까?"

"아니거든?"
"그렇죠."
"애인이야."
"…………."
꿈속에서는 제 친구가 전부 애인으로 바뀌고 마는 겁니까……?
『그럼, 일레이나 님의 생일을 맞아, 암네시아 님께서 케이크 커팅을 도와주시겠습니다.』
사회자가 제 사고를 중단시켰습니다.
"잘 부탁할게."
암네시아 씨는 제 손을 잡아당겨 사벨 손잡이를 잡게 했습니다.
"…………."
어쩐지 그것은 정말로 웨딩 케이크 커팅으로 보이지 않는 것도 아니었습니다.
……뭐, 꿈이니까 딱히 어찌 되든 상관없으려나.
라면서, 제가 그렇게 사벨 손잡이를 손가락으로 쥐었을 때였습니다.

"자, 잠깐 기다려어어어어어어어어어어어어어어어어어어엇!"

고함이, 생일 케이크를 향하고 있던 사벨을 멈추었습니다.
강제로 멈추었습니다.
"어라? 저기? 뭐? 미안하지만 의미를 잘 모르겠는데요. 응? 일레이나 씨, 그 사람, 누군, 가요?"

사야 씨였습니다.

사야 씨가 허둥지둥 저희 앞으로 달려 나왔습니다. 그 낭패한 듯한 모습은 정말이지 말로는 다 표현할 수 없을 정도로, 웃는 듯하면서도 우는 듯, 역시 아무리 보아도 우는 듯한 안색이었습니다.

"잠까아아안! 내가 있는데, 누군가요? 그 사람은! 어째서 좀 좋은 느낌의 분위기인 건가요?!"

"아니 딱히 좋은 느낌의 분위기는 아닙니다만……."

"네? 하지만 일레이나 씨 딱히 싫지도 않았잖아요?"

제 옆에서 암네시아 씨는 살짝 미소 지었습니다.

"그런데 이 사람은 누구?"

어쩐지 무서운 미소였습니다.

누구냐고 물은들…….

"제 친구인 사야 씨……."

"일레이나 씨의 애인인 사야입니다! 당신이야말로 누군가요?! 백발 씨!"

"나는 암네시아. 일레이나 씨의 애인입니다."

"아니 양쪽 다 애인이 아닙니다."

유일무이한 자격인 것처럼 말하지 말아주세요.

"무슨 말을 하는 건지 도무지 모르겠네요! 그게, 일레이나 씨의 애인은 내 포지션이라고요!"

"당신이야말로 무슨 말이야? 그건 내 포지션인데?"

아니 그러니까 양쪽 다 애인이 아닙니다 아니 애인 같은 건 존재하지 않거든요. 게다가 이 현실도 존재하지 않거든요. 어차피 꿈이거든요.

"뭐요오? 그보다 뭔가요? 일레이나 씨와 어떤 관계죠? 일레이나 씨와 함께 잔 적 있나요? 참고로 나는 있거든요?"

뭔가요? 그 도발은.

"아, 그 정도는 한 적 있어! 심지어 함께 여행하던 때는 매일같이 함께 잤거든?"

그냥 방을 같이 쓴 거잖아요 무슨 말을 하는 겁니까 잠버릇도 최악인 주제에.

"매, 매일같……이……? 함께, 여행을…… 했다고……?"

그러나 암네시아 씨의 허언은 기묘하게도 사야 씨의 마음에 치명적인 대미지를 준 듯했습니다.

사야 씨는 "마, 말도 안 돼……"라며 고개를 푹 숙이더니.

"나의 일레이나 씨가 잿빛으로 더럽혀지고 말았어……."

그런 말을 하면서 울었습니다. 슬픔에 젖어 있는 중에 죄송하지만 잿빛인 건 원래 그렇습니다.

"후후…… 아무래도 내 승리인 것 같네! 그럼 일레이나 씨, 케이크 커팅, 할까?"

빙글 뒤를 돌아본 암네시아 씨는 이어서 이번에야말로 제 손에 사벨을 쥐여주고 케이크에 가져다 댔습니다.

이제 될 대로 되라지, 같은 생각을 하면서 저는 생일 케이크에 칼날을 넣으려고 했습니다.

그러나 그 직전.

퍼엉———하고 케이크는 성대하게 폭발하며 날아갔습니다.

산산조각이 난 빵 부분과 크림과 딸기 등이 저와 암네시아 씨에게 쏟아져 내렸습니다.

커팅하자 폭발하는 케이크 같은 건 듣지도 못했습니다 대체 어떻게 된 겁니까? 그렇게 항의의 목소리를 내려 했습니다만, 그러나 이것은 꿈.

꿈이라면 무슨 일이든 벌어질 수 있으니 케이크도 폭발 정도는 할 테지요.

"후후후…… 커팅할 케이크가 없어지면 케이크 커팅 사실은 사라지는 거죠!"

꿈이라면 무슨 일이든 벌어질 수 있으니 사야 씨도 머리가 이상해지거나 하기도 할 테지요.

"나의 일레이나 씨는 나의 것이에요! 돌려줘!"

지팡이를 움켜쥐고 사야 씨는 암네시아 씨를 노려보았습니다.

과연, 케이크를 폭발시킨 건 당신이었습니까.

"그렇군――― 바라던 바야. 덤벼!"

그리고 암네시아 씨는 사야 씨를 향해 검을 겨누었습니다.

꿈이라면 무슨 일이든 벌어질 수 있으니 암네시아 씨도 머리가 이상해지거나 하기도 할 테지요.

그리고 암네시아 씨와 사야 씨는 저를 제쳐두고 생일 파티 회장에서 마구 날뛰었습니다. 원탁이 베이고, 산산이 부서져 날리고, 혹은 마법으로 온갖 물건을 마구 날리고, 회장은 순식간에 외면하고 싶어질 만큼 엉망진창이 되었습니다.

하지만 괜찮아!

그게 이건 꿈이니까!

"…………."

그러나 꿈속이라고 해도, 아무리 그래도 너무한 거 아닐까요? 이건 정말이지 수습이 안 되는 거 아닐까요?

『에…… 또…… 케이크 커팅이 끝나고, 친구분들의 여흥이 피로 되고 있습니다…….』

사회자가 수습에 나섰습니다.

그렇게 나오는 겁니까.

"…………."

저는 혼란스러워져 가는 생일 파티 회장을 내려다보았습니다.

이건 제 꿈.

생일 파티의 객석에 있던 그들은 처음에는 전부 낯선 누군가라 여겼습니다만── 자세히 보니, 그 한 사람 한 사람이 눈에 익었습니다.

예를 들면 그것은 나무통처럼 살찐 남자거나, 쏙 빼닮은 쌍둥이거나, 혹은 나라와 나라 사이의 벤치에 줄곧 앉아 있는 남자이거나, 못난이를 괴롭히는 나라에서 만난 여성이거나, 탐정을 동경하는 청년이거나, 근처에서 토하고 있을 뿐인 여성이거나, 혹은 사과를 아주 좋아하는 여성이거나, 고양이거나, 정직한 자의 나라에 있던 마법사거나────.

이것이 제 꿈이기에, 등장인물 모두는 제가 지금까지 만나온 사람들로 만들어져 있었습니다.

"…………."

만약 제 여행이 앞으로도 계속된다면, 그리고 내년에도 같은 꿈을 꾸게 된다면, 그때는 더 많은 사람들에게 둘러싸인 생일이 되는 것일까요?

저는 뺨에 찰싹 달라붙은 케이크 잔해를 손가락으로 닦아 핥으면서, 멍하니 그런 생각을 했습니다.

○

"…………………………………….."

잠에서 깨어나 눈을 뜬 기분은 최악이라는 한마디로 정리할 수 있었습니다.

무엇보다 생일날 꿀 꿈이 아닙니다. 뭡니까? 정말이지.

무거운 몸을 억지로 일으키자, 아직 숙소 밖은 밤의 어둠 속에 가라앉아 있었습니다.

다음 날이 생일이라고 하는 고양감 때문인지, 저는 아무래도 이상한 꿈을 꾸고 만 모양입니다. 직전까지의 시끌벅적한 소동이 아직 제 머릿속에서 울리고 있는 것만 같은 느낌이었습니다.

시곗바늘은 열두 시를 막 넘긴 참.

이제 겨우 생일을 맞이한 직후입니다.

그런데 묘한 쓸쓸함이 있었습니다.

"…………."

분명 꿈이 너무 시끌벅적했기 때문일 테지요. 좋은 듯하면서 나쁜 듯도 한, 그래도 역시 좋은 꿈을 꾸고 말았습니다. 다시 잠들면, 그 뒤로 돌아갈 수 있을까요?

"…………."

그나저나.

그건 그렇고.

"…………."

저는 침대에서 몸을 일으켰습니다.

이러고 있을 때가 아니라고 생각했던 것입니다.

"……일레이나 님, 왜 그러시나요? 갑자기 제 관리라니."

"딱히 아무것도 아니에요."

저를 쏙 빼닮은 모습의 그녀가 의아하다는 표정을 지으면서 제게 머리카락을 만져지고 있었습니다.

제 빗자루를 사람 모습으로 바꾸면, 아무래도 저와 생김새가 비슷해지나 봅니다. 머리 색이 다르지만, 그 뒷모습은 정말이지 저와 똑같았습니다.

"최근에 솔 상태가 안 좋아지는 것 같아서요. 그래서 손질을 좀 할까 싶어졌어요."

"빗으로 빗어 정리한들 상한 솔은 사라지지 않습니다만."

"뭐 괜찮잖아요."

"게다가 일부러 저를 인간 모습으로 바꿔서 머리카락을 정리하는 것보다, 빗자루 모습인 채 마법으로 고쳐주는 편이 빠르게 끝납니다만."

"뭐 괜찮잖아요."

"………….."

"………….."

저는 그녀의 머리카락을 손질해 나갔습니다. 예쁘고 살랑살랑한 머리카락은 손가락으로 들어 올리면 사르르 빠져나가는 모래처럼 흘러 내렸습니다.

아름답고 부드러워서 언제까지고 만지고 싶어지는 머리카락이었습니다.

"일레이나 님."

제 빗자루 씨가 갑자기 뒤를 돌아보았습니다.

"그러고 보니 오늘 생일이셨죠?"

"……그러네요."

"축하드립니다."

"……고마워요."

제 말에 빗자루 씨는 키득 하고 웃었습니다.

"생일을 혼자 맞이하는 게 쓸쓸하셨던 거군요? 일레이나 님. 의외로 귀여운 면도 있———아얏. 일레이나 님, 아파요. 조금 더 상냥하게 빗질해주세요———."

뭐가 어찌 되었든.

이렇게 저는 평온한 생일을 맞이하기에 이르렀던 것입니다.

내년에도, 그런 꿈을 꿀 수 있기를, 마음 한편으로 빌면서.

【출처 정보】 카쿠요무 투고 작품

【저자 코멘트】

일레이나 씨의 생일인 10월 17일에 공개한 쇼트 스토리입니다.

저는 판타지 세계의 주민이 현실 세계에 준거한 생일을 갖는 것에 위화감을 느끼는 파인 인간(※애초에 판타지니까 달력이 현실 세계와 완전히 같다고는 할 수 없지 않을까. 달력이 숫자로 표기되어 있다고는 할 수 없지 않을까 생각하는 타입의 성가신 인간을 말한다)이었습니다만, 그러나 이렇게 생일을 축하할 수 있는 건 기쁜 일이네요.

“언니, 마법사야?”

제가 그 나라의 길가에 멍하니 서 있을 때, 제 소매를 잡아당기는 이가 있었습니다.

폭신폭신 복슬복슬한 옷으로 몸을 감싼 어린 소녀들이었습니다.

그녀들은 제게 신기하다는 듯한 시선을 보내고 있었습니다. 보기에 따라서는 선망의 시선으로도 보였습니다.

“확실히 저는 마법사입니다.”

저는 살짝 가슴을 펴며 답했습니다.

“게다가 마녀입니다.”

어린 소녀들은 “응?” 하고 모두 하나같이 고개를 갸웃거렸습니다.

“마녀?” “그게 뭐야?” “대단한 거야?”

과연, 이 나라는 아무래도 상당한 변경에 자리하고 있나 보군요.

“대단하죠. 마녀는 마법사 중에서도 가장 뛰어나답니다. 즉, 최강이에요. 최강.”

흐흥 하고 더욱 가슴을 펴는 저.

여자아이들은 “오오” 하고 눈을 조금 반짝였습니다.

“최강이면, 눈 조각 만들 수 있어?” “우리 눈 조각이 보고 싶은데.” “눈 조각 만들어줘.”

이런 갑자기 무슨 말씀이신지.

"어째서 제가 눈사람 같은 걸 만들어야만 하는 건가요?"

"저기에, 눈 조각상이 있잖아?"

한 여자아이가 길가를 가리켰습니다.

"저거, 우리가 만든 혼신의 눈사람이야."

소녀가 가리킨 길가로 저는 시선을 돌렸습니다. 확실히, 그곳에는 자그마한 눈사람이 싱긋 웃으며 길을 가는 사람들을 바라보고 있었습니다.

"오호라…… 잘 만들었네요."

당근 코와 모자를 흉내 낸 양동이, 실로 흔한 눈사람처럼 보였습니다. 그나저나 참으로 유니크합니다.

"우리의 작품을 뛰어넘은 눈 조각이 소원이야." "보고 싶어. 눈사람을 뛰어넘는 작품, 보고 싶어." "뭐, 우리 작품을 뛰어넘는 눈 조각 같은 게 가능할 리 없다고 생각하지만."

오호라. 아무래도 마법사가 얼마나 뛰어난 존재인지를 그녀들에게 알려줄 필요가 있을 것 같군요.

"저런 진부한 눈사람을 뛰어넘는 작품을 만들어라, 라고요? 간단한 일입니다. 멋진 눈 조각을 만드는 건 식은 죽 먹기죠."

"그럼 만들어봐." "기대된다." "응."

무시하는 태도를 보이는 어린 소녀 3인조를 찍소리도 못하게 만들기 위해, 저는 지팡이를 꺼내 들었습니다.

"그럼 보여드리죠—— 최고의 눈 조각상이라는 건, 이런 걸 말하는 거랍니다."

●

그해 눈 조각상 콘테스트의 우승을 거머쥔 것은, 무려 근방에 사는 어린 소녀 3인조였습니다. 놀랍게도 이 3인조는 귀여운 외모와는 달리 지나칠 정도로 기합이 들어간 눈 조각을 만들었다고 합니다. 공을 잔뜩 들인 디테일, 장엄하기까지 한 아름다운 곡선. 이것은 이미 눈 조각 같은 것이 아니다! 라고 할 정도로 심사위원들을 압도시킨 작품이었습니다. 그러나 문제점이 하나 있었습니다.

"……이 아름다운 여성은 대체 누구니?"

심사위원 중 한 사람이 눈 조각상을 가리키며 말했습니다.

"저건 있지. 얼마 전에 이 나라에 온 마녀님이야!"

한 여자아이가 말했습니다.

"모델로 삼아달라고 졸랐어."

태연하게 거짓말을 했습니다.

"그것참…… 상당히 자의식 과잉인 마녀로군."

어이없어하며 심사위원이 대꾸했습니다.

"그건 우리도 그렇게 생각해."

어이없어하며 여자아이는 최고의 눈 조각상을 올려다보았습니다.

【출처 정보】6권 멜론 북스 구입 특전

【저자 코멘트】

이 여자아이들은 장래 거물이 되겠어……라고 생각했습니다.

저는 현재 어린 소녀입니다.

어린 소녀입니다. 어린 소녀. 이런 상황에서는 제대로 된 마법도 마음대로 쓸 수 없지만, 그러나 이런 상황을 이용하지 않을 제가 아닙니다. 왜냐하면 저는 여행자니까요!

그럼 바로, 돈을 벌러 가볼————.

"그래서? 어째서 그런 차림을 하고 있는 거니? 집이 어디야?"

숙소를 나와서 몇 분 후에 순찰 중인 병사에게 잡혀 보호되고 말았습니다.

아무래도 이 나라에서는 현재 마법사에 대한 경계심이 높은 모양이었고, 그런 상황에서 마녀 코스튬 플레이를 하고서 "후후…… 돈…… 돈……" 같은 말을 중얼거리는 어린 소녀의 모습이 수상쩍게 보였을 테지요.

"……우웃. 훌쩍…… 잘못했어요…… 이제 안 그럴게요……."

저는 울며 사과했습니다. 물론 이건 연기입니다. 혼난 정도로 반성할 제가 아닙니다.

"아니, 뚝. 울지 말고……. 일단, 그렇게 입으면 헷갈리니까 그 옷은 입지 말자. 알았지?"

"네에에……."

눈에서 뚝뚝 떨어지는 눈물(안약)을 닦으면서 저는 고개를 끄덕였습니다.

다음 날.

마녀 복장을 하면 안 되나 봅니다. 그래서 이번에는 점술사 흉내를 내며 돈을 벌기로 했습니다. 뭐, 후드를 깊게 눌러쓰고 있으면 제가 그저 어린 여자아이라는 건 들키지 않을———.

"그래서? 어째서 저런 데서 돈벌이를 하고—— 아니, 또 너야?"

점보기를 시작하고 몇 분 후에 순찰 중인 병사에게 잡혀 보호되고 말았습니다.

아무래도 이 나라에서는 노상에 자리를 잡고 앉아 수상한 장사를 하는 인간은 모조리 신고를 당하나 봅니다. 아마도 노상에서 이상한 약을 파는 여자아이가 이미 있는 탓일 테지요. 용서 못 해.

"우으…… 훌쩍…… 정말 잘못했어요…… 이제 안 그럴게요……."

일단 저는 이번에도 울어서 상황을 모면했습니다.

어린 여자아이의 눈물을 당해낼 수 있는 어른이 과연 있을까요? 아뇨, 있을 리 없습니다.

"……정말이지. 뭐, 됐어. 뚝 그치렴. 아저씨가 못살게 굴고 있는 것 같잖니."

병사님은 곤란한 듯 눈썹을 모으고, 몸을 웅크리고 앉으면서 말했습니다.

"뭐, 나쁜 마음으로 한 건 아닌 것 같으니까, 너무 혼내지는 않을게. 하지만 이제 두 번 다시 이런 짓을 하면 안 된다?"

"네에에……."

용서해주려나 봅니다. 역시 어린 여자아이의 눈물만큼 강한 건 없———.

"그래. 알았으면 됐다. 그럼 벌금을."

"엑? 내야 하는 건가요?"

"당연하지."

"……훌쩍."

"울어도 소용없어."

"……칫."

"혀 차지 말고."

역시 나쁜 짓은 좋지 않군요. 그런 생각을 하면서 저는 벌금형을 받았습니다.

마녀다운 차림도 금지. 노상에서 점을 봐주는 것도 금지. 이런 식으로 벌금을 내던 저는 결국 성냥팔이를 하기에 이르렀던 것입니다.

【출처 정보】 6권 토라노아나 구입 특전

【저자 코멘트】

이건 프리실라 씨와의 이야기 사이에 일어났던 일입니다. 이야기는 끝났지만 코미컬라이즈에서도 애니메이션에서도 어린 일레이나가 등장해서 기뻤습니다. 어린 일레이나 귀여워…….

학교 매점은 전장이라 말해도 과언이 아닙니다.

그곳에 있는 것은 피로 피를 씻는 전쟁뿐. 평온도 없고, 담소도 허락되지 않은 채, 그곳으로 향하는 학생들은 그저 입을 꾹 다물고, 서로의 목적을 위해 걸음을 내디딥니다.

그렇습니다. 매점에는.

"……하루 열 개 한정── 빵!"

이 있으니까요.

소문으로 들었습니다. 통상 백 개 이상을 들여올 터인 매점 빵 중에 유일하게 열 개밖에 들어오지 않는 빵이 있다고.

많은 학생들은 점심시간에 돌입한 그 순간 복도로 뛰쳐나가고, 마법사 학생에 이르러서는 빗자루를 써서 매점으로 질주. 혹은 마법과 마법을 맞부딪혀 서로를 날려버립니다.

아마도 이 열 개 한정 빵을 노린 것일 테지요.

물론 저도 예외는 아닙니다.

"에잇!"

심지어 저에 이르러서는 빗자루에 올라타서 지팡이를 휘두르기까지 하고 있습니다.

"으라차!"

지팡이를 좌우로 휘두르면서, 매점으로 달려가는 학생들을 차례차례 탈락시켜나갔습니다.

하루 열 개 한정인 빵은 저를 위해 존재합니다.

"자, 자. 길을 비켜주세요. 매점 빵은 저를 위해 존재하는 겁니다."

저는 빗자루를 탄 학생들을 차례차례 물리쳤습니다.

제게서 도망치듯이 달리는 학생들의 발밑을 얼음으로 채워 굳히고, 휙휙 앞질러 갔습니다.

그리고 저는 매점에 도착했습니다.

저보다 한발 늦게 온 학생들이 원망스럽다는 듯이 "쳇…… 선수를 뺏기다니……"라며 혀를 찼습니다.

"자, 제게 한정 빵을 주세요."

저는 계산대에 돈을 올려두고, 매점 아주머님을 바라보았습니다.

"하루 열 개인 한정 빵. ……설마 없다고 하지는 않겠지요?"

아주머님은 제 얼굴을 바라보면서 눈을 반짝이고.

"……아, 열 개 한정 빵 말이지. 여기 있어."

딱히 주저하는 기색도 없이, 빵을 내밀어주었습니다.

"후후후……."

저는 참지 못하고 웃음을 흘리면서 줄에서 빠져나왔습니다.

제 뒤에 줄을 서 있던 학생들은 이어서 차례차례 "크루아상" "크루아상 하나!" "크루아상 주세요!" 하고 주문을 했습니다.

어라라? 평범한 크루아상을 사러 온 학생밖에…… 없잖아……?

……이상하군요.

"하루 열 개 한정인 빵은 안 사는 겁니까?"

저는 뒤에 줄을 서 있던 한 여학생을 붙들고 고개를 갸웃거렸습니다. 그러자 그녀는.

"응? 열 개밖에 안 파는 빵? 다들 그런 것보다 점심밥이 필요해서 서둘렀을 뿐인데. 여기 빵, 싸기도 하고. 그보다 그 한정 빵이라는 건 아주 조금 가치가 있을 뿐이지 딱히 맛있진 않아."

맛있진 않다……? 이상하군요.

"그럼 어째서 열 개 한정으로 파는 겁니까?"

여학생은 태연하게 대답했습니다.

"더럽게 맛없어서 전혀 팔리지 않기 때문에 열 개만 들여오게 된 거 아냐?"

【출처 정보】 6권 게이머즈 구입 특전

【저자 코멘트】

희소가치가 높은 건 그것이 뛰어나다는 증명이 아닙니다. 12권쯤에서도 다룬 소재입니다만.

저는 이 관련 이야기에서 등장하는 교복 차림의 일레이나 씨를 좋아합니다. 마법 학교가 무대인 이야기, 또 쓰고 싶네요.

7권에서 아르테와 리나리아의 에피소드로 시간 여행 백합 이야기는 썼습니다만, 인터스텔라 방식(시간 여행을 해도 미래가 달라지지 않는다)의 시간 여행 이야기가 아니라, 이번에는 BTTF 방식(시간 여행으로 미래가 달라진다)의 시간 여행 이야기를 쓰고 싶습니다. 시간 여행이라기보다는 평행 세계물이라는 취급이 되겠습니다만.

지난번까지의 줄거리.

저, 재의 마녀 일레이나는 온 세상을 떠도는 여행자. 검은 로브를 걸치고 삼각 모자를 쓰고, 잿빛 머리카락을 휘날리며 여러 나라를 둘러보는 것이 삶의 보람. 그리고 그것 이외에는 딱히 아무런 생각을 하지 않는 것도 삶의 보람입니다.

제가 그 나라에 방문한 것은 어제.

호박 축제가 열린다는 항간의 소문을 듣고 그 나라를 찾은 제게 문지기 병사님이 말을 걸어왔습니다.

"어라? 너 귀여운걸! 엄청난데! 이렇게 귀여운 애는 처음 봤어! 최고야! 그런고로 이걸 줄게. 사탕."

그런 말을 하며 대량의 사탕을 바구니 가득 주었습니다. 만세.

그리고 저는 길을 걸었습니다만, 마을 사람들의 모습은 왠지 매우 묘했습니다.

붕대를 뚤뚤 감고 있는 거한이라든가, 흡혈귀라든가, 서큐버스라든가, 하얀 천을 뒤집어쓴 유령이라든가, 늑대 인간이라든가.

즉 마을은 마물로 넘쳐나고 있었고, 왼쪽을 보아도 오른쪽을 보아도 마물뿐. 우와아, 엄청나다.

저는 마치 맹수의 우리에 던져진 먹잇감인 것처럼 느껴졌습니다.

호박 축제라더니 대체 뭔지.

여기는 마치 지옥 그 자체.

"헤헤헤, 아가씨 귀엽네." "어라라? 마녀님이 우리 마을로 흘러 들어온 건가?" "오빠랑 같이 놀래? 흐헤헤헤헤……." "이런! 여기는 어린아이가 올 데가 못 되거든?"

마물들은 저를 둘러싸고 경박하게 웃었습니다.

그리고 저는 그곳에서 마물들의 먹이가 되고 말았던 것입니다.

제행무상.

이리하여 저의 여행은 끝이 났습니다.

해피 엔딩.

"…………."

뭐, 아무리 그래도 마물 먹이가 되었다고 하는 전개는 거짓말입니다만. 사실대로 말하자면 지난번까지의 줄거리라는 서두의 문구도 거짓말.

참고로 사탕을 받았다는 것도 거짓말입니다.

정확히는 돈을 주고 샀습니다.

이 나라의 이날은 돈 대신에 사탕을 쓰는 모양이었습니다.

그래서 가진 돈을 전부 건네고 사탕으로 바꾸었습니다.

"헤헤헤, 아가씨 귀엽네." 이하, 조금 전의 줄거리와 대략 비슷한 일이 일어났습니다.

그리고 사탕을 끌어안고 있는 저는 마물들에게 둘러싸였고, 이런 말을 들었습니다.

"사탕을 주지 않으면 장난을 칠 거야."

라고.

"…………………………………………………."

들은 바에 따르면, 이 나라의 이날은 이러한 행동이 용인되는 무시무시한 날이라고 합니다.

이 나라의 호박 축제 날은 나라가 이러한 공갈 같은 행동을 용인했습니다.

"……………………………………사탕, 여기요."

그리고 저는 무일푼이 되고 말았던 것입니다.

제행무상.

우후후 의미를 모르겠습니다.

○

마물이 날뛰는 거리를 저는 재빠르게 걸었습니다.

역시 마물뿐인 마을을 당당하게 걷는 것은 자살행위나 다름없는 듯 여겨졌던 것입니다.

예를 들면 이 상태로 "사탕을 주지 않으면 장난을 칠 거야" 같은 말을 들었다간 눈도 마주치지 못할 겁니다. 돈(사탕)이 없는 저는 대체 무슨 짓을 당하고 말지.

"…………."

우선은 돈(사탕)을 조달해야만 합니다.

그러나 대체 어찌하면 좋을까요? 이 마물투성이인 도시에서 매우 평범한 인간인 저를 고용해줄 곳이 있으리라고는 생각할 수 없습니다. 게다가 강제적인 수법으로 돈을 강탈하려 했다간 마물들의 먹이(식욕적인 의미에서)가 되어버릴지도 모릅니다.

………….

이제 다 틀렸습니다.

갑작스러운 끝입니다.

그보다, 어째서 초장부터 위기에 빠진 건지.

전 재산을 이 나라의 통화로 바꿔버린 저의 어리석음에 부아가 치밀었습니다. 죽어 마땅합니다.

"배고파……."

길가에서 앞이 보이지 않는 현실에 머리를 끌어안고, 그런 상황에서도 식사를 요구해 오는 위장에 지긋지긋해하는 저.

"……괜찮아?"

고민에 빠진 제 눈앞에 한 여성이 와서 섰습니다.

"당신, 관광객?"

제가 고개를 끄덕이자 그녀는 "그렇구나" 하고 이해가 되었다는 듯이 가볍게 손뼉을 쳤습니다.

"이런 데 앉아 있으면 안 돼. 못된 녀석들한테 돈을 뜯길지도 몰라."

"…………."

뒷골목에 들어가면 나쁜 마물이 많았고, 큰길에도 마찬가지. 그리고 길가에 있어도 안 되는 겁니까. 안식의 땅 같은 건 존재하지 않는 것일까요? 그야말로 이곳은 지옥입니다.

저는 자리에서 일어나 여성을 바라보았습니다.

검은 로브에 삼각 모자라고 하는, 마법사 같은 차림을 한 여성입니다. 가슴께에는 코사지도, 브로치도 없는 평범한 마도사──즉,

마법사 중에서도 최하 랭크인 햇병아리——라는 것을 짐작할 수 있었습니다.

"나는 리사. 참고로 이 차림은 가장이야."

이런 마도사조차 아니었군요.

"어째서 마법사 같은 차림을 하고 있는 건가요? 그런 취미인가요?"

"뭐, 취미이기도 하지만……."

살짝 미소를 지으며 리사 씨는 손에 든 바구니를 들어 올렸습니다.

"이걸 위해서야. 돈을 벌려면 가장을 해야 하거든."

"가장을 하면 돈을 벌 수 있는 건가요……?"

혼란스러워하며 미간을 찌푸리는 저를 보면서 그녀도 의아하다는 표정을 지었습니다.

"……설마 아무것도 모른 채 이 나라에 들어온 거야?"

"뭐——— 그런 셈이죠."

저는 손에 들고 있던 바구니를 들어 올려서 보여주었습니다. 사탕이 가득 담긴 그녀의 것과는 달리, 제 바구니는 안이 텅 비어 있었습니다.

리사 씨는 살짝 한숨을 내쉬고, 제 손을 잡았습니다.

"바보구나. 예비지식도 없이 이 나라에 들어왔다간 따끔한 맛을 볼 뿐이야—— 잠깐 따라와."

그리고 그녀는 제 손을 잡고 걸었습니다.

무일푼이 저는 그녀가 하는 대로 따라갈 뿐이었습니다.

운이 좋으면 사탕 하나라도 주지 않을까 생각했습니다.

무일푼이고 배도 고프고.

○

"사탕을 주지 않으면 장난을 칠 거야——라는 말은 있지, 이 나라의 이날에 하는 상투적인 문구야."

광장 옆에 있는 쓰레기통 뒤에서, 그곳에 무리 지어 있는 마물들을 관찰하면서, 리사 씨는 말했습니다.

"여기 있는 모두는 기합이 상당히 들어간 차림을 하고 있잖아? 이 행사는 기합이 들어간 차림을 서로 칭찬하기 위해서 열리는 거야."

그녀는 이야기했습니다.

『사탕을 주지 않으면 장난을 칠 거야.』

그렇게 말을 걸어왔을 때, 만약 자신보다도 상대 쪽이 뛰어나다고 여겨진다면 과자를 건네야만 한다. 자신 쪽이 뛰어나다고 여겨진다면, 장난에 당해주면 된다.

라고 합니다.

즉, 국가가 공인한 공갈.

대체 뭡니까 이 치안이 나쁜 행사. 너무 싫다. 무서워.

"그건 즉, 누군가가 말을 걸어오면 강제적으로 돈을 내야만 한다는 뜻이지 않습니까?"

누가 좋다고 장난에 당해준다는 겁니까.

"그렇지 않아. 자, 저길 봐봐."

리사 씨는 광장을 가리켰습니다.

싸움이 일어났습니다.

늑대 인간이 둘, 주변에 생긴 인파가 전혀 보이지 않는 듯 서로 화려하게 움직이며, 이빨로 물고, 손톱을 휘둘러 베었습니다.

"…………."

저건 대체 뭡니까?

"만약 예의 문구로 말을 걸어왔을 때 거절하면 저렇게 되는 거야. 어느 쪽이 뛰어난지를 실력으로 정하는 거지."

"…………."

그러니까 대체 뭡니까 이 치안 나쁜 행사는.

"즉, 맞거나 돈을 내거나, 둘 중 하나라는 겁니까? ──상대는 전부 마물인데, 말을 걸어오면 이 행사는 그걸로 끝 아닙니까?"

제가 한숨을 내쉬자 그녀는 고개를 갸웃거렸습니다.

이 애는 무슨 말을 하는 거람? 하고 말하고 싶은 듯 보였습니다.

"마물 같은 게 있을 리 없잖아? 너 정말로 아무것도 모르고 왔구나?"

그녀는 어깨를 으쓱였습니다.

"혹시 저기 있는 남자들이 진짜 마물이라고 생각하는 거야? 정말이지 머리가 꽃밭이네──."

"……무슨 뜻인지?"

"저건 전부 가장을 하고 있을 뿐인 사람들이야. 마물 같은 건 하나도 없어."

"…………네?"

"그러니까 즉, 이 나라는 마물이 만연한 나라 같은 게 아니라, 모두가 가장을 하고 서로 의상의 완성도를 자랑하는 나라인 거야."

"………… ."

그러니까 그 말은, 저는 마물 차림을 하고 있을 뿐인 평범한 사람에게 돈(사탕)을 강탈당했다는?

오호라.

흐음. 과연, 그렇군요.

부아가 치밉니다. 죽어 마땅합니다.

"그런데 당신은 어떻게 해서 그렇게 많이 번 건가요?"

"응?『사탕을 주지 않으면 장난을 칠 거양☆』하고 말했더니 신나서 주던데? 정말이지 남자들은 다 바보라니까."

"장난은?"

"묶어서 방치 플레이를 해줬어."

"당신은 천재로군요."

"의외로 간단해. 남자들은 다 바보니까."

○

그 이후는 저의 독무대였습니다.

제 진가를 발휘했습니다. 상대가 마물이 아니라고 한다면 두려워할 이유가 없습니다.

저는 거리를 걸으면서 남녀를 불문하고 모두에게 모조리 말을 걸었습니다.

"어머나, 안녕하세요. 반갑습니다. 마녀예요."

"오. 너 귀여운 가장을――――."

"과자."

"……응?"

"과자 주세요."

"정해진 문구가 들리지 않았는데……?"

남자는 커다란 호박을 머리에 뒤집어쓰고 있었습니다.

"하지만 말이지, 내 가장 쪽이 훨씬 멋지다고 생각하지 않――."

"과자."

"……으응?"

"과자 주세요."

"아니, 저기……."

저는 손에 들고 있던 지팡이를 남자의 목덜미에 들이댔습니다.

"됐으니까, 사탕." "플리즈, 사탕." "주세요." "얼른 사탕." "주지 않으면 어떻게 될지…… 알고 있겠죠?" "참고로 저." "진짜 마녀거든요." "제가 하는 말의 의미." "이해하겠죠?"

압박을 가하며 남자의 주변을 빙글빙글 돌면서 사탕을 요구했습니다.

"……아니, 하지만."

그래도 제게 과자를 주려 하지 않는 쪼잔한 남자의 귓가에 저는 마법을 날렸습니다. 얼음덩어리가 남자의 귓가에서 터졌습니다.

"참고로 제 장난은 이 수준입니다만—— 어떤가요? 장난을 당하고 싶습니까?"

그리고 저는 남자의 어깨에 툭 손을 올렸습니다.

"사탕을 주지 않으면 장난을 칠 겁니다만? 어느 쪽이 좋은가요? 우후후."

이후 엄청나게 벌었습니다.

그렇게 소지금(사탕)이 입국 당시로 돌아갔을 때, 저는 나라를 떠나기로 했습니다.

저와 거의 같은 타이밍에 리사 씨도 나라를 떠나는지, 문밖에서 그녀와 딱 마주쳤습니다.

"어머. 아까 보고 또 보네. 어때? 좀 벌었어?"

"아뇨. 하지만 일단 소지금이 입국할 때와 비슷할 정도는 됩니다."

"흐으음—— 참고로 내가 번 거, 볼래?"

"……이렇게나 번 겁니까?"

대량의 금화가 그녀의 지갑 안에 담겨 있었습니다. 뭡니까? 이거 일반 시민의 연봉 정도는 되어 보입니다. 대단해.

"남자는 쉬우니까. 일단 가슴께를 좀 드러내면 대부분 어떻게든 돼."

"……………………………………………………………………………………………………그렇군요."

"아, 미안."

그녀는 제 가슴께로 시선을 떨어뜨리더니 "실수☆" 하는 느낌으로 자신의 머리를 꽁 때렸습니다.

저는 그녀의 정수리에 얼음덩어리를 떨어뜨리고 싶어지는 마음을 억눌렀습니다.

“그보다, 이건 즉 노출도가 높거나 강제적인 수법을 쓴 사람이 득을 보는 행사로군요. 저 나라 사람들한테 이점은 있는 겁니까?”

“있지.”

“뭡니까?”

“귀여운 여자아이와 마음 편하게 수다를 떨 수 있어. 귀여운 여자아이가 장난을 쳐주기도 해.”

“…………남자란.”

“전부 쉽지.”

“…………………….”

그나저나.

저는 이번 나라에 관해서 이해되지 않는 점이 하나 있었습니다.

그녀가 하는 말이 사실이라고 해도, 아무리 그래도 거리에 만연한 마물 같은 차림을 한 사람들의 가장 완성도가 정말이지 놀라웠던 것입니다.

마치 진짜 마물이라고 착각할 만큼.

포위되었던 제가 그만 겁을 먹을 정도로.

“………….”

혹시, 어쩌면.

사실은 가장 같은 게 아니라, 마물들이 모여 사는 나라라든가?

1년에 한 번, 인간들과 서로 어울리기 위해서 여는 축제라든가? 저는 그런 가능성만 생각하고 말았습니다.

●

축제가 끝난 후, 나라의 주민들은 술집에서 대화를 나누었다.

"올해도 엄청났지!" "나, 엄청난 일을 당했어. 인간 여자아이한테 묶였어! 방치됐어!" "우와아, 나는 마녀 차림을 한 여자아이한테 사탕을 뜯겼어." "뭐? 그게 정말이야? 나는 마녀 차림을 한 여자아이한테 협박을 당했는데." "어땠어?" "최고였어." "역시 인간 여자아이는 좋아……." "역시 인간 남자아이는 좋다니까……."

"내 말 좀 들어봐! 나 인간 남자한테 프러포즈를 받았어!" "호오. 그래서 어떻게 했어?" "어째선지 돌이 돼버렸어." "……저기, 네 옆에 그 돌은." "이거? 응. 남편." "…………."

"크읏…… 죽여라." "어이, 누구야? 인간 여기사를 주워 온 거. 돌려주고 와!" "오크 형님! 잠깐만. 이 애는 특별해!" "특별해! 가 아냐. 이 녀석 아까부터 『크읏…… 죽여라!』라는 말밖에 안 하잖아." "그런 가장을 했으니까 어쩔 수 없는 거 아닙니까." "그런 가장은 밤에만 해두라고." "…………." "크읏, 죽여라."

마물들의 나라에는 1년에 딱 한 번 문을 열고 『호박 축제』를 여는 풍습이 있었다.

다만 필요 이상으로 인간을 겁주지 않도록 "마물 가장을 하고 있다"라는 식으로, 방문한 관광객들을 즐겁게 해주는 것이다.

어느샌가 그 축제는 인간도 마물도 뒤섞인 가장 대회가 되었는데, 그 현상을 싫어하는 자는 없었다.

오히려 즐기기까지 했다.

내년, 같은 시기에 다시 열릴 문을 기대하면서, 술집에 모인 마물들은 밤새도록 시끌벅적하게 떠들어댔다.

【출처 정보】 카쿠요무 투고 작품

【저자 코멘트】

카쿠요무에 게재한 쇼트 스토리입니다. 마녀라고 하면 핼러윈인지라, 핼러윈에 맞춰서 공개한 쇼트 스토리였습니다. 쓰기 시작했을 무렵에는 4페이지 정도의 이야기로 할 셈이었습니다만, 페이지 수가 상당히 많아지고 말았습니다.

샤론 씨는 평소에도 의기양양한 표정을 짓고 있어서, 그리고 마녀 차림을 하고 있어서, 외지인의 눈에는 상당한 실력자처럼 보이고 마는 일이 종종 있는지…….

“이전에 방문한 나라에서 말이지, 『최근 길거리에서 점술사 흉내를 내면서 민간인에게 돈을 뜯어내는 근성이 썩은 마녀가 있으니까 따끔한 맛을 좀 보여줘』라는 부탁을 받은 적이 있거든. 나는 마녀가 아니니까 말이야, 마녀면서 남을 속이는 짓을 하는 인간을 용서할 수 없어서 의뢰를 흔쾌히 받아들였어.”

“……오호라.”

점술사 흉내를 내서 민간인에게 돈을 뜯어내는 마녀인가요.

어디선가 들은 적이 있는 특징이로군요…….

“그 마녀는 길가에서 『어머나, 아가씨. 당신 오늘 운세가 최악이에요. 아마도 오늘 아주아주 좋지 않은 일이 일어날 거예요』 같은 말을 하면서 행인에게 말을 걸고, 수상한 항아리를 팔았다나봐. 마녀씩이나 되는 사람이 말이야. 믿어져?”

“그러네요. 그 마녀 정말 최악이군요. 천벌을 받았으면 좋겠습니다.”

제가 시치미를 떼며 고개를 끄덕이자 샤론 씨는.

“그렇지? 최악이지? 쓰레기지? 살아 있을 가치가 없지?”

그렇게 가차 없이 말했습니다. 왠지 모르겠지만 저는 몹시 마음이 아팠습니다.

그렇게까지 말한 건 없지 않은가요……?

그러고서 그녀는 드디어 그 나라에서의 일을 이야기했습니다.

글쎄, 항아리를 강매당하고 속았다는 사실을 깨달은 행인이 항의하기 위해 마녀가 있던 곳으로 가보았지만, 마녀는『이상한 마녀에게 항아리를 강매당했다── 이건 틀림없이 아주아주 좋지 않은 일이죠? 즉 저는 거짓말을 하지 않았다는 게 됩니다』라는 의미를 알 수 없는 억지를 부리면서 발뺌하고 환불을 해주지 않았다나요?

이 마녀에게 따끔한 맛을 보여달라는 부탁을 받은 샤론 씨는 머리를 끌어안았습니다.

샤론 씨는 마녀 차림을 하고 있지만, 그녀는 그저 평범한 그 나이대의 소녀입니다. 마녀와 대치하면 반대로 당하고 말 것이 뻔했습니다. 즉, 마녀와 만나는 일 없이, 그러면서 마녀의 악행을 멈출 필요가 있었던 것입니다. 그런 묘기에 가까운 일이 과연 가능할까요?

샤론 씨는 고민했습니다. 고민한 끝에.

『어라라? 거기 너, 항아리 안 살래? 이 항아리를 사면 있지, 나처럼 행복해질 수 있어.』

마녀와 똑같이 더러운 장사에 손을 댔습니다. 자신감 넘치는 표정으로.

"아니 아니 아니."

저는 그녀의 회상에 끼어들었습니다.

"……어째서죠?"

"뭔가 그냥 어쩌다 보니."

왠지 그 당시의 분위기에 휩쓸려 샤론 씨는 결국 마녀와 같은 수상한 장사에 손을 댔습니다. 그러나 이것이 예상외의 방향으로 전개되고 마는 것이 샤론 씨라는 사람이었습니다.

『역시 샤론 님! 당신 덕분에 마녀는 수상한 장사를 완전히 그만두었습니다!』

그녀가 점술사 흉내를 낸 결과, 마녀는 점술사 흉내를 완전히 그만두었던 것입니다.

"훗…… 그럴 테죠. 역시 나……."

같은 말을 하며 그 상황을 의기양양한 표정으로 빠져나왔지만, 그녀는 여전히 마녀가 점술사 흉내를 그만둔 이유는 모른다고 말했습니다.

"…………."

뭐, 그 타이밍쯤에 평범하게 잡혀서 그만두었을 뿐입니다만…….

그건 말하지 않기로 하죠.

【출처 정보】 7권 멜론 북스 구입 특전

【저자 코멘트】

두 사람 모두 변변치 않은 인간이지 않은가…….

샤론 씨는 일부 독자분께 매우 인기가 있는지, 편집자님에게도 자주 "등장시키자, 등장시키자!"라는 말을 듣고 있습니다. 아니, 등장시키고 싶은 캐릭터는 잔뜩 있어.

"기괴하구나……!"

그 유명한 고룡 루세라 씨의 미간에 주름이 잡히고, 그녀는 "으으음……" 하고 신음하고 계셨습니다. 지금, 그녀를 고민하게 하는 문제가 하나 있었던 것입니다.

"어째서 인간은 옷을 입는 게냐? 옷을 입어야만 하는 게냐?"

옷을, 입고 싶지 않다── 그것은 우리 인간으로서는 도저히 이해하기 어려운 고민이라고 할 수 있었습니다.

그보다 일부러 사드리기까지 했는데 무슨 말을 하는 건가요.

"우으으으 괴롭구나 기분이 나쁘구나……."

천천히 옷을 벗기 시작하는 루세라 씨.

"저기, 뭘 하는 건가요? 아니 정말로 뭐 하는 겁니까 그만두세요. 여기 공공장소라고요."

"우으으, 놔라! 역시 벗겠다! 이 몸은 이걸 벗겠다! 기분 나쁘다!"

길 한복판.

한창 대화를 나누던 중에 옷에 손을 대는 루세라 씨. 억지로 말리는 저. 조금 전까지 "이 몸 저거 사겠느니라"라며 신이 났던 그녀는 아무래도 사드린 옷과 함께 벗어 던져버렸는지, 지금 여기에는 그저 한결같이 떼를 쓰는 여자아이가 한 명 있을 뿐이었습니다.

큰길 한가운데에서 그녀가 앞서와 같이 소란을 피우다 보니.

"뭐야? 무슨 일이야?"

다툼이라도 일어난 건가 하고 길을 가던 사람들이 관심을 주었고.

"어머나, 싸움이 난 거야?"

점점 여기저기서 사람들이 걸음을 멈추게 되었고.

"대체 이건 무슨 소란이야?"

이윽고 인파가 생길 정도가 되었습니다.

그런 행인들의 시선도 개의치 않고 루세라 씨는 고개를 계속 저었습니다.

"싫으니라! 이것 놔라!"

옷을 쭉쭉 위로 잡아당기는 그녀.

"자, 자, 말 들으세요. 정말 진짜 적당히 하시라고요."

그녀의 손을 제자리로 돌려놓으려 하는 저.

그런 광경이 펼쳐지는 중에 모여든 인파 속 한 사람이 새파랗게 질려서는 소리쳤습니다.

"마녀님이 여자아이의 옷을 벗기려 하고 있어! 공공장소에서!"

정말이지 착각에도 정도가 있는 말을 외쳤습니다.

"너무해! 마녀님! 무슨 짓을 하는 거야!"

"아니, 아닙……."

그러나 자세히 보면 우리가 펼치고 있던 공방은 그야말로 그러한 느낌으로 보였고, 제가 그녀에게 몹쓸 짓을 저지르려는 것처럼 보이지 않는 것도 아니었습니다.

"…………."

결국 그 상황은 제가 그녀의 손을 잡아서 억지로 도망치는 것으로 무사히 넘어갔습니다.

"앗! 마녀가 어둑한 데로 여자아이를 데려가서 괘씸한 짓을 하려고 해!"

그런 말이 뒤에서 들려온 듯도 했습니다만 못 들은 척을 하면서 전속력으로 달려 나갔습니다.

"역시 답답하구나……."

한 소녀를 구하려 하는 선량한 시민들 사이를 뚫고 온 저를 기다리던 것은 부루퉁하게 불평을 늘어놓는 루세라 씨였습니다.

대체 어떻게 하면 공공장소에서 옷을 벗겠다고 하는 기행을 막을 수 있을 것인가.

그 답은 그녀의 언동에 있었습니다.

"앗! 너! 이 몸 아이스크림이라는 것이 먹고 싶다! 사 다오!"

즉, 싫증을 잘 내고 금세 관심을 옮기는 그녀는 새로운 무언가를 보면 그것만으로 옷의 답답함조차 과거의 것이 되어버리고 마는 것입니다.

"……네네."

결국 저는 그녀에게 마구 휘둘리면서, 지갑에 타격을 입기에 이르렀습니다.

그렇게 정신없이 지나갈 뿐인 며칠은, 의외로, 즐겁기도 했습니다.

【출처 정보】 7권 토라노아나 구입 특전

【저자 코멘트】

세상의 상식을 모르는 이 몸 캐릭터를 좋아합니다. 루세라 씨는 각 권의 게스트 캐릭터 중에서도 상당히 마음에 든 부류의 아이입니다. 아이라고 하기에는 다소 나이가 그렇지만.

『역사를 만든 위인들』

이것은 우리나라의 역사 유산을 각별히 사랑한 사람들을 인터뷰한 내용을 정리한 감동의 신문 연재 역사 다큐멘터리이다.

기념할 만한 제1회 게스트는 이분.

숲의 마녀 사야.

마법 총괄 협회에 소속된 마녀이다.

어린 나이에 유례가 없는 마법 재능을 가진 그녀는 현재 여행자로서 각국을 오가면서 도움을 구하는 사람들에게 손을 내밀고 있다고 한다.

특히 석고상 수선은 타의 추종을 불허한다.

사람들은 그녀를 이렇게 불렀다── 석고상 수선의 스페셜리스트라고.

────바쁘신 중에 시간을 내주셔서 감사합니다.

"아니, 석고상 수선의 스페셜리스트라니 처음 듣는데요."

스페셜리스트다운 겸손함이다. 이것도 장인이 가진 품격인 것일까.

"아니 장인이라고 할까 정말로 그렇게 불린 적이 없는데요…… 뭐, 됐어요."

인터뷰어에게 어이없음을 느끼면서도 사야 씨는 곧바로 석고상 수선에 나섰다. 작업을 하면서 잿빛 머리카락을 가진 여성의 사진을 바라보고는 "에헤헤……" 하고 뺨을 붉히거나 칠칠치 못한 표정을 짓는 그녀.

석고상 수선 스페셜리스트라기보다도 그곳에는 그저 사랑에 빠진 소녀가 있을 뿐이었다.

장인이기 전에 한 명의 소녀. 이것도 장인이 장인인 까닭인지도 모른다.

————그 사진 속 인물은 대체 누구인가요?

"이 사람이요? 내 소중한 사람이에요."

부끄러운 듯이 뺨을 긁적이면서 그녀는 그렇게 대답했다.

——이 사람, 여신상과 얼굴이 똑 닮았네요? 여신과 뭔가 관계가?

"네? 무슨 말인가요 전혀 다르잖아요."

조금 전까지와 전혀 다르게 단호하고 엄격한 표정을 짓는 사야 씨. 혼나고 말았다.

그 진지한 표정에서 지금까지 몇 번이나 되는 고난을 헤쳐 나왔다는 사실이 전해져 왔다.

그녀는 이렇게 말하고 싶은 것이다.

"내 석고상은 이런 얄팍한 종잇조각에 새겨진 것과 달라. 석고상은 더 넓은 세계를 보여준다고"라고.

우리는 경솔한 말을 던지고 만 자신을 부끄러워했다.

그야말로 장인의 긍지라 불러야 할 것을, 우리는 이때 마주한 것이다.

그러고서 몇 시간, 사야 씨는 묵묵히 작업을 계속했다.

"일레이나 씨…… 일레이나 씨……."

때때로 우리 귀에 들리는 그 말은 아마도 타국의 말이리라. 자신을 고무시키고 있는 것이다. 대단히 금욕주의적이었다.

그녀의 작업은 해가 저물 때까지 계속되었고.

"다 됐어요! 이게 일레이나 조각상이에요!"

그렇게 드디어 스페셜리스트에 의해 수선된 훌륭한 조각상이 완성되었…… 완성…… 어라?

우리는 자신의 눈을 의심했다. 틀림없이 본래와 다른 조각상이 그곳에 있었던 것이다.

――――이것이 그 유명한 여신상입니까?

"네? 무슨 말을 하는 건가요? 전혀 다르잖습니까."

――오늘은 감사했습니다.

※『역사를 만든 위인들』 코너는 제1회를 끝으로 종료하게 되었습니다.

【출처 정보】 7권 게이머즈 구입 특전

【저자 코멘트】

6권쯤부터 점포 특전 쇼트 스토리에서는 그 권에서 일어난 일의 보조적인 이야기를 하게 되었습니다. 이 이야기도 석고상을 수선한 사야 씨의 이야기가 되었습니다.

그날, 동양 쪽에 있는 나라에서 유명한 화가의 신작이 화랑에 놓였습니다.

예술에 그다지 밝지 않은 제게서는, 그야말로 비싸 보이는 금액자에 담겨 있는 그의 그림을 본들, "아, 닮았네요" 같은 보잘것없는 감상 정도밖에 나오지 않았습니다.

그러나 나라 사람들에게 있어 그 한 장은 온갖 의미를 가지고 있는 모양이었습니다. 그림 앞, 흑발 분들이 만든 인파 사이에서는 온갖 목소리가 오갔습니다.

"몇 년 만에 그림을 냈다 했더니만 이건가…… 실망이야."

"여전히 아름다운 그림이네. 이 덧없는 표정을 짓고 있는 마녀가 특히 멋져."

"오랜만에 신작을 볼 수 있겠구나 싶어 기대했는데 이게 뭐야? 길을 잃었잖아."

"아니, 이 노선도 훌륭하다고."

"혁신적인 걸 계속해온 그다운 진화 방식이야."

"진화라고? 퇴화를 잘못 말한 거겠지."

요컨대 찬반양론이었습니다.

화가의 이름은 쿨롬. 젊은 나이에 이 나라 최고의 화가라고 평가받게 된 천재로, 특히 대담한 색조가 특징적……이라고 합니다. 소개 글에 그렇게 쓰여 있었습니다.

신작 그림의 옆에는 과거작이 줄을 이루고 있었습니다. 그것들은 전부 확실히 담대한 색조였고, 적어도 그림에 둔한 제 눈에도 "아, 컬러풀해요" 같은 보잘것없는 감상이 떠오를 정도로는 대담했습니다.

그러나 신작 그림은 어떨까요?

인파 너머에 걸려 있는 것은『재의 마녀』라는 제목이 붙은 한 장의 그림. 검은 로브와 삼각 모자, 그리고 별을 본뜬 브로치를 한 마녀가 한 사람, 창가에 서 있었습니다. 잿빛의 긴 머리카락을 흩날리고 있는 그녀는 덧없는 표정을 짓고 있는 듯하면서, 지루한 듯 앉아 있을 뿐인 듯 보였습니다.

그 그림에 쿨롬이라는 화가다움은 분명 없었습니다.

신작 그림에는 대담한 색 사용 같은 건 전혀 없었던 것입니다.『재의 마녀』는 흑과 백, 그리고 옅은 회색만으로 그려져 있었습니다.

길을 잃은 듯도 보였고, 혹은 새로운 무언가에 도전하고 있는 듯도 보였습니다── 그렇기에 찬반양론인 것일까요?

"…………."

뭐, 그런 건 제쳐두고 다시 한번 그림으로 시선을 보내보죠. 길을 잃었느니 운운을 제외해도, 아름다운 그림이었습니다. 곱고 아름다운 한 마녀가 그곳에 있었습니다.

그런데 그 그림의 모델이 된 것은 대체 누구인가?

그렇습니다. 저입니다.

○

사건의 발단은 제가 이 나라에 왔을 무렵의 일. 즉, 지금으로부터 일주일 정도 전의 일입니다.

적당히 거리를 걷던 저는 슬슬 지긋지긋해하고 있었습니다.

"……뭔가요? 이 부자 냄새나는 풍경은."

길을 가는 것만으로도 이 나라 사람들이 나름대로 돈을 갖고 있다는 것과 예술에 몹시 공을 들이고 있다는 것은 분명히 알 수 있었습니다.

예를 들면 서점. 외장이 미술관 같았습니다. 참고로 입구에는 책을 읽으며 걷는 남자아이 동상이 놓여 있습니다. 책을 보며 걷는 것을 장려하는 겁니까?

예를 들면 정육점. 입구에 동물 박제가 진열되어 있었습니다. 소, 돼지, 닭 외에도 양과 멧돼지, 그리고 말과 개까지. ……개?

게다가 어느 가게나 당연하다는 듯이 그림이 놓여 있었습니다.

우연히 방문한 가구점(어째선지 외관이 거대한 그릇장을 본뜬 것)에도 역시 그림은 놓여 있었습니다.

"…………."

캔버스 가득 칠해져 있는 붉고 검은 무언가. 마치 몸과 마음 전부를 담아서 분노를 쏟아부은 듯한 색조를 띠고 있었습니다. 그 제목이 『맑은 하늘』이라니 어이가 없네요. 그린 사람은 마왕의 후예나 뭐 그런 겁니까?

불길한 그림에서 도망치듯이 시선을 아래로 내리자 쿨롬이라는 남자의 사인이 적혀 있어서 또다시 지긋지긋해지고 말았습니다.

이 나라에 와서 몇 번이고 몇 번이고 본 이름입니다.

방문한 가게 대부분에 그의 그림이 장식되어 있었습니다. 『바다』라는 제목을 붙여놓은 주제에 새빨갛거나, 『숲』이라는 제목인데 새파랗거나, 제멋대로 그려져 있었습니다.

대체 어째서 이런 그림이 인기인 걸까.

"어쩜! 손님, 이 그림에 흥미라도 있어요?"

멍하니 서 있다가 가게 주인에게 붙들렸습니다. 하지만 마침 잘됐습니다.

의문을 그대로 말로 해보지요.

"……이거, 대체 어디가 좋은 겁니까? 저한테는 어디가 매력인지 전혀."

"세상에. 이 그림의 매력을 모르다니…… 그럼, 손님. 외지인인가요?"

"여행자입니다."

"역시!"

가게 주인은 과장되게 고개를 끄덕였습니다.

"이 그림은 말이죠, 맑은 하늘인데 새빨갛다는 참신함이 멋진 거예요! 뭐, 예술에 둔한 일반인한테는 도저히 이해가 안 될 테죠."

뭔가 종잡을 수 없는 해설이로군요…….

"여기, 가구점이죠? 어째서 그림이 놓여 있는 겁니까?"

"그야 물론 내가 예술을 몹시 사랑하는 사람이기 때문이죠!"

"네에……. 그래도 이 그림, 가게 분위기와 안 어울리는 것 같은데요? 어느 가게에나 그림이 놓여 있지만, 그저 장식일 뿐이라는 느낌이 듭니다만."

그것은 이 나라에 와서 관광하는 내내 가슴속에서 끓어오르던 의문이었습니다.

그러자 가게 사람은 여기서 처음으로 본심을 내뱉었습니다.

"분위기 따위 어찌 됐든 상관없어요. 유명하고 훌륭한 그림이 놓여 있으면 그걸로 되는 거예요. 왜냐면 그것만으로도 가게가 돈을 벌었다는 증명이 되거든요! 잘 버는 가게에는 손님이 밀려드는 법이에요! 그럼 또 새 그림을 살 수 있죠! 멋져라!"

"…………."

가게를 나와 길을 걸으면서 매우 기묘한 나라라고 저는 생각했습니다.

처음에는 부자 나라인가 싶었습니다만, 아무래도 그렇지도 않은가 봅니다.

오히려, 화려한 것을 매우 좋아하는 사람이 많은 느낌입니다.

부자 특유의 여유라는 것이 이 나라 사람들에게서는 느껴지지 않았습니다.

"화려한 것을 사고 싶어" "호화로운 걸 과시하고 싶어"라는 소망이 이 나라 곳곳에서 배어 나왔습니다.

"…………."

뭐, 요컨대 허영이 넘치는 나라라는 거겠지요.

보는 방식을 달리하면 나라의 모습도 달라지는 법이라, 예를 들면 노점에서도 허영은 존재하고 있었습니다.

화려한 건물 사이에 끼어 있는 가게들에는 온갖 것들이 놓여 있었습니다.

채소를 파는 노점 같은 건 특히 이상해서, 본 적도 없을 만큼 거대하거나 기묘한 모양을 한 못생긴 채소만 놓여 있었습니다. 그러나 이 나라에서는 “희소가치가 있어!”라고 평가받고 있는지, 상당히 성황이었습니다.

그리고 몹시 컬러풀한 버섯이 놓여 있었습니다만, 그것은 희소가치 운운 이전에 거의 틀림없이 독버섯이라고 생각합니다.

노점이 늘어선 길을 잠시 나아가자 이번에는 과일 가게가 나왔습니다만, 그러나 여기에서 파는 것도 평범하지는 않았습니다.

저는 가게 앞에서 걸음을 멈추었습니다.

놓여 있던 것은 색이 이상한 과일들. 사과인데 새파랗거나, 복숭앗빛 바나나라거나, 복숭아인데 까맣거나.

마치.

“물감으로 칠한 것 같은 과일이로군요.”

라는 느낌이었습니다.

그러나 가게 주인은 고개를 저었습니다.

“아가씨, 그게 아냐. 이 녀석들은 희귀한 품종의 과일이거든.”

“호오.”

시험 삼아 오렌지(빨강)를 손에 들어 손가락으로 문질러 보았습니다. 문질문질하고.

“앗, 하지 마! 상품에 흠집이 나잖아!”

다급하게 제게서 빨간 오렌지를 빼앗아 가는 가게 주인. 문지른 손을 보니 붉은 자국이 희미하게 나 있었습니다.

………….

보기 흉해…….

"———오, 바나나가 맛있어 보이는걸."

그런 영문 모를 말을 하면서, 남자가 제 옆에 섰습니다. 저보다 키가 크고, 마른 체구의 남자였습니다. 나이는 20대 중반 정도일까요? 장을 보던 도중이었는지, 양손에 봉투를 들고 있습니다.

저를 노려보던 가게 주인은 새 손님의 방문에 태도를 냉큼 바꾸더니.

"그럼요. 바나나만이 아닙니다. 전부 금방 들여온 희소한 과일입니다."

"그렇구나. 어쩐지 색깔이 좀 다르다 싶더라."

좀이 아닐 텐데요.

"여기 복숭아는 어떠신가요? 새까만 복숭아라니 특이하죠?"

"으음…… 그다지 맛있어 보이지 않는데."

"괜찮습니다. 손님. 맛은 평범한 복숭아입니다."

뭐, 색을 칠했을 뿐이니까요.

"거기 있는 색이 연한 포도는 뭐지?"

"그건 머스캣이라는 품종입니다."

어째서 머스캣만 그대로 둔 건지.

옆의 남자는 가게 주인을 보더니.

"그렇군…… 그 손에 든 건 뭐지?"

하고 빨간 오렌지를 가리켰습니다.

가게 주인은 움찔하고 어깨를 들썩이더니 그것을 뒤로 감추었습니다.

"아니, 이건 팔 게 못 됩니다. 저쪽 손님이 흠집을 냈거든요."

실례로군요.

"흠집이라기보다는 상품으로서의 가치가 없어졌을 뿐인 게 아닌지?"

"당신, 시끄러워 입 다물어! 댁한테 팔 과일 같은 건 없어!"

"그렇습니까."

거절당하고 말았습니다.

뭐, 살 마음도 없었던지라 딱히 곤란하지도 않지만요.

"――――저기."

가게 주인의 말을 흘려넘기던 중에 옆에서 희미한 목소리가 들렸습니다.

보니, 화가 날 대로 난 가게 주인과 적당히 넘겨버리는 저의 대화를 지켜보던 남자가 놀란 표정을 짓고 있었습니다. 마치 믿을 수 없는 것이라도 본 듯 놀람으로 가득한 표정이었습니다.

"……자네, 그 머리카락은 뭐지?"

"……네?"

"그 머리카락은 뭐야? 그 색, 대체 뭐야……."

남자는 양손에 들고 있던 봉투를 떨어뜨렸습니다.

부스럭거리는 소리를 내며 쓰러진 봉투에서는 크고 작은 다양한 물감과 붓과 이것저것, 온갖 그림 도구가 쏟아져 나왔습니다.

그리고 남자는 다소 흥분하면서.

"자, 자네! 괜찮다면 내 그림의 모델이 되어주지 않겠나?! 돈은 넉넉하게 줄 테니까!"

라며 제 손을 잡았습니다.

"……네?"

저는 다시 같은 말을 반복했습니다.

○

금화 다섯 닢이면 어떤가?

그런 말을 외치는 남자에게 이끌려 찾아온 곳은 마을에 있는 단독 주택.

허영이 상당한지, 아니면 진짜 부자인지, 안내되어 간 곳은 한눈에 보아도 호화 저택이었습니다.

"상당히 커다란 집이로군요."

"뭐 그렇지. 나, 이래 봬도 꽤 유명한 화가거든."

"이름을 여쭤도?"

남자는 고개를 끄덕이면서 정면 현관문에 손을 댔습니다.

"쿨롬이야."

"……아아. 그."

"이런. 내 그림을 아는 건가?"

"네. 상당히 기발한 색을 쓰는 사람이죠."

"흐흠…… 부끄럽군."

그러고 보니 기발과 기괴는 유의어였죠.
"어째서 그런 식으로 색을 쓰는 겁니까?"
"그야, 나한테는 세계가 그런 식으로 보이기 때문이지."
"아아, 예에, 그런가요."
"아무래도 상관없다는 투인데……."
"확실히, 더 이상한 사람이 그렸을 거라고 생각했습니다."
"이상한 그림을 그릴 수 있는 녀석이 꼭 이상한 녀석이라고는 할 수 없지."
"그러네요. 뭐, 이상한 그림을 그리는 사람이 스스로를 이상한 사람이라 자각하고 있으리라고도 할 수 없지만 말이죠."
"하하…… 만만치 않은걸."
그는 눈을 가늘게 뜨며 마른 웃음을 지었습니다.
그리고 문은 열렸습니다.

집 안에서 다시 안내를 받은 저는 그의 아틀리에로 초대되었습니다.
쓸데없이 넓은 그 방은 물감 냄새에 섞여 선명한 풀꽃 냄새가 감돌고 있었습니다. 창가에 있는 커튼이 바람을 받아 한낮의 햇볕에 반짝반짝 빛나며 살랑였습니다.
벽에 딱 붙여놓듯이 커다란 작업대가 놓여 있었고, 물감과 용도를 잘 모를 병이 흩어져 있었습니다.
그는 방 한쪽에서 캔버스를 꺼내더니 이젤에 그것을 세워 놓고 앉았습니다. 그 모습만 잘라내어 본다면 그야말로 잘나가는 유명한 화가라는 분위기였습니다만, 등 뒤로 어지럽게 흩어져 있는 실패작들이 기묘한 애수를 자아내고 있었습니다.

그린 것이 전부 성공하는 것은 아니라고, 쓰레기가 된 그림들이 이야기해주는 것만 같았습니다.

"자, 어떻게 할까…… 아, 일단 창가에 서봐 줄래?"

"네."

말하는 대로, 저는 그가 가리킨 곳에 섰습니다. 참고로 국어책 읽기입니다.

"……저기, 부자연스러우니까 뭔가 포즈를 취해주면 좋겠는데."

"네에……."

포즈를 요구받았지만, 딱히 좋은 게 떠오르지 않았기 때문에 양손을 들어 보았습니다.

"틀렸어. 너무 부자연스러워. 더 자연스러운 느낌으로 부탁해."

"이렇게요?"

양쪽 귀를 가려보았습니다.

"틀렸어. 좀 더 다른 걸로."

"이건 어떤가요?"

두 눈을 가려보았습니다.

"더더욱 틀렸어. 다음."

"이거라면 어떤가요?"

이번에는 입을 가려보았습니다.

"응, 가리는 걸 벗어나 볼까?"

"과연."

귀찮아진 저는 창틀에 걸터앉았습니다.

"좋아!"

"오호."

이걸로 드디어 만족입니까. 그렇습니까.

"그럼, 그대로 잠시 움직이지 말아줘. 지금부터 그릴 테니까."

그러고서 그는 낡은 연필을 들고 캔버스와 저를 번갈아 노려보기 시작했습니다.

"얼마 동안 움직이지 않으면 됩니까?"

"다 그릴 때까지."

"그러니까, 얼마 동안입니까?"

"미안하지만 지금 그리는 중이야. 집중에 방해되니까 조용히 있어 줘."

"…………."

이 사람은 대체 뭡니까…….

그러고서 어느 정도의 시간이 흘렀는지 저는 기억하지 못합니다. 한 시간이었는지, 아니면 세 시간 정도 지났는지, 어쩌면 훨씬 더 긴 시간이었는지도 모릅니다.

창가에 걸터앉아 밖을 바라볼 뿐인 시간이라는 것은 상상 이상으로 심심하고 가혹했습니다.

"———좋았어. 잠시 쉴까."

그리 말하며 연필을 놓고, 가볍게 기지개를 켠 쿨롬 씨의 말은 제게는 사형 선고처럼도 들렸습니다.

"……네? 더 하는 겁니까?"

제 물음에 그는 당연하다는 듯이 고개를 끄덕였습니다.

"아직 절반 정도밖에 못 했거든. 너도 지쳤을 테니까, 이 주변 어디 앉아 있어줘. 마실 걸 가져올게."

그리고 그렇게 말하며 방에서 나가버렸습니다.

…………….

몹시 지쳤지만, 그보다도 신경 쓰이는 것은 그가 그린 그림의 완성도였습니다. 저는 그가 직전까지 달라붙어 있던 곳까지 걸어가서 캔버스를 들여다보았습니다.

"……오호."

거기에는 창가에 서서 우수에 찬 표정으로 어딘가 먼 곳을 바라보는 마녀가 있었습니다. 그리던 도중이지만 아름다웠습니다. 대체 이 모델은 누구일까요?

그런 농담을 마음속으로 하면서 저는 캔버스에서 발길을 돌려 아틀리에 안을 산책했습니다.

바닥에 쌓인 실패작들. 제가 있던 창가. 용도를 잘 알 수 없는 물건들. 그리고 책상 위에 흩어져 있는 물감들.

뭔가 정취가 있군요.

천재라 불리는 화가의 고뇌에 찬 날들이 이 방에 가득한 것만 같았습니다.

"…………….?"

멍하니 실내를 둘러보던 중에 문득, 책상 위에 덩그러니 놓여 있는 잔에 시선이 머물렀습니다. 별생각 없이 손에 들어보니, 안에 담겨 있던 피 같은 질척한 액체가 찰랑였고, 넘쳐흐른 한 방울이 잔을 타고 내려와 제 손에 떨어졌습니다.

음료인가 싶어 냄새를 맡아보았지만 명백하게 마실 수 있는 냄새가 아니었습니다. 오히려 물감 냄새 같은…….

이거, 대체 뭘까요?

"으음……."

그러나 머리를 갸우뚱거려본들 그림에 관한 지식이 얕은 제게서 답이 나올 리도 없었고, "망친 물감일까요?"라는 결론에 이르렀습니다.

그가 돌아온 것은 마침 제가 잔을 책상 위에 내려놓고 손을 닦으려 할 때였습니다.

"미안, 기다리게── 앗, 어이 너 괜찮아?"

잔을 두 개 들고 돌아온 그는 저를 보자마자 눈을 크게 떴습니다.

"……? 뭐가 말인가요?"

"뭐가가 아니잖아────."

그는 다소 허둥대며 문도 닫지 않고 종종걸음으로 오더니 잔을 주변에 내려놓고 방 안을 우왕좌왕하기 시작했습니다.

"**피가 나잖아**. 아, 그렇지. 분명 여기 어디에 지혈할 수 있는 게 있었을 텐데────."

"…………?"

피?

"혹시 날카로운 거라도 만진 거야? 미안해. 이 방은 정신이 없어서……."

방 한쪽에서 천 조각을 꺼내 온 그는 그것을 제게 건넸습니다.

"여기, 이걸로 지혈해. 뭐 상처는 깊지 않은 것 같은데……. 아프지는 않아?"

저는 그것을 받아 들고.

"저기, 딱히 피가 나거나 한 건 아닙니다."

그렇게 말하며 손에 묻은 액체를 닦았습니다.

그리고 어리둥절해하는 쿨롬 씨에게 저는 말했습니다.

"죄송합니다. 책상 위에 있던 잔이 궁금해서, 만졌습니다. 안에 들어 있던 액체가 손에 묻은 모양이에요."

"…………."

그는 아주 잠시 얼굴을 찌푸렸습니다.

"아, 그래. 그랬던 건가……. 지레짐작해버렸나 보네."

"네── 죄송합니다. 멋대로 만져서."

"아니, 그건 괜찮아. 다치지 않아서 다행이야."

"……네."

손을 다 닦고 나니 천에는 액체가 희미하게 물들어 있었습니다. 손에 흔적은 남아 있지 않았습니다. 깔끔하게 닦였나 봅니다.

저는.

"그런데, 어째서 제가 다쳤다고 생각한 겁니까?"

"어, 그게, 그러니까…… 어째서일까……, 피랑 비슷해서려나."

"저게 말인가요?"

저는 책상을 가리키면서 다시 물었습니다.

"저것과 피를, 헷갈린 겁니까?"

제가 가리킨 곳에는── 책상에는 피처럼 질척한, **새까만** 액체가 잔 안에서 희미하게 흔들리고 있었습니다.

○

"……후우."

깊은 한숨을 내쉰 후, 그리던 그림이 세워져 있는 이젤 앞에 앉은 그는 단념한 듯한 모습이었습니다.

더는 숨길 수 없다고 깨달은 것일까요?

"이거, 절대 아무한테도 말하지 말아줘."

"네. 말 안 합니다."

애초에 말할 상대 같은 건 없습니다만.

그리고 그는 말했습니다.

"나, 색이 보이지 않아── 태어났을 때부터, 색이라는 것이 내 눈에는 비치지 않아. 하늘도 바다도 숲도, 모든 게 전부 흑백과 회색이었지. 하지만 이게 평범하다고 생각했어. 처음에 의문을 느낀 건 어린아이일 때야. 친구가 똑같은 색인 걸 '빨강' '파랑' 하고 구별하더군. 대체 무슨 말을 하는 거지? 하고 생각했지."

"……흐음."

"자신에게는 색이 보이지 않는다. 타인에게는 보이는 게 나한테는 보이지 않는다. 그 사실을 깨달았을 때는 상당한 충격이었어. 지금이야 과거의 이야기지만."

그는 시선을 떨어뜨리고 바닥을 바라보았습니다.

그리고, 잔뜩 뜸을 들인 다음에 말을 이었습니다.
"보이지 않는다고 해서 보이지 않는다는 사실을 주변에 고백하거나 하지는 않았어. 평범함을 가장했지. 보이지 않는 것을 보고 있는 것처럼 연기했어."
"…………."
허영, 인 걸까요?
"뭐 색이 보이지 않는다고 해도 평범하게 생활하려고 하면 할 수 있거든. 고생한 일이라고 하면, 그림을 그릴 때였어—— 나는 어릴 때부터 그림을 그리는 게 취미라서, 색이 보이지 않는다는 걸 알고 난 후에도 그만둘 마음은 들지 않았지. 그래서 어디까지나 취미로, 나는 그림을 취미로 즐겼어. 평가받으리라는 생각 같은 건 눈곱만큼도 하지 않았지……."
"엄청나게 평가받고 있던데요."
"맞아. 이상하게도 내 그림은 평가받았어. 내 그림을 본 이 나라 녀석들은 '독창적이다!'라느니 '기발한 색조다!'라느니 하며 소란을 피웠지."
이것 또한 허영투성이인 나라이기 때문일까요. 혹은 정말로 독창성이 평가받은 것일까요——.
"요컨대, 적당히 색을 섞어서 그렸더니, 이러이러하는 사이에 유명 화가가 되어버렸다는 겁니까?"
"뭐, 그런 이야기가 되겠네. ……그래서, 그렇기에, 지금 곤란해하고 있는 거야."
"……? 어째선가요? 본 그대로를 그리는 것만으로도 큰돈이 들어온다면, 그것만큼 짭짤한 이야기는 없지 않은가요?"

"간단하게 말하지만, 엉터리로 색조를 만드는 것도 쉽지 않아. 유명해지면 유명해질수록, 작품이 늘어날수록 비판도 늘어나. 색 밸런스가 이상하다든가 정말로 본 그대로의 풍경화가 되어버린다든가."

"……흐음."

"그래서 최근에 새로운 것에 도전하려고 하거든── 아까 네가 들고 있던 그걸 써서, 흑백만 쓴 그림을 그리려고 계획하고 있어."

"그거……."

나는 책상으로 시선을 돌렸습니다.

"저 잔에 담긴 액체는 뭔가요?"

"먹물이야. 저걸 물로 희석하거나 해서, 내가 본 풍경을 그대로 그림으로 그릴 수가 있는 거지."

"……아아."

"저걸로 새로운 그림에 도전하려고 하는데, 어떻게 생각해?"

아니, 어떻게라고 물으신들…….

"두 개를 그려서 정하면 어떤가요? 지금까지 그대로인 그림과 먹물이라는 것을 쓴 그림, 두 종류."

"멍청이. 내가 같은 그림을 두 장 그려봐야 차이를 모르잖아."

"…………."

확실히.

"뭐, 누가 뭐라고 한들, 이번엔 먹물로 그릴 셈이지만."

"…………."

먹물이라는 걸로 그림을 그리겠다고 이미 마음속으로 정하고 있었으면서 제게 의견을 요구한 것일 테지요. 영문을 모르겠습니다. 상담하러 온 여자아이입니까?

"이 그림을 완성하고 공표했을 때, 처음으로 내 진정한 실력을 알 수 있을 것만 같아. 정말로 나는 실력이 있는 건지, 아니면 그저 우연으로 치켜세워졌을 뿐인 불쌍한 녀석인지——."

즉, 이 그림은 그 나름대로의 도전이라는 것일까요?

허영투성이인 이 나라에서, 모조품투성이인 이 나라에서 진실한 평가를 얻기 위해 발버둥 치고 있다는 것일까요?

그렇기에, 그의 눈에 비친 세계를, 보이는 그대로의 모습을 그리고 싶다고 생각한 것일까요?

"그럼, 휴식은 이 정도로 해둘까."

그는 말했습니다. 은근히 "어서 원래 자리로 돌아가"라고 말하는 것처럼도 들렸습니다. 저는 명령받은 대로, 창가로 다가갔습니다.

그 도중에 캔버스에 그려진 저를 진지하게 바라보며 연필을 들고 망설이던 그는 생각났다는 듯이 고개를 들더니.

"그래—— 그러고 보니, 네 진짜 머리카락 색은 무슨 색이야?"

하고 물어 왔습니다.

그의 물음에, 저는 답했습니다.

창가에 걸터앉으며.

"당신한테도 보이고 있어요."

【출처 정보】 카쿠요무 투고 작품

【저자 코멘트】

2권 때 쓴 글입니다만, 여러 의미에서 내용이 너무 우울하다며 퇴짜를 맞은 이야기입니다. 그때 불만 가득하게 반드시 게재하고 말겠다고 다짐했고, 훗날 카쿠요무에 게재하게 되었습니다. 이런 이야기는 상당히 좋아하는지라 빈번하게 쓰고 싶은 마음입니다만…….

"다녀왔답니다."

나와 언니는 지금 현재도 한창 여행을 하는 중입니다.

하루 벌이를 하면서 나라에서 나라를 오가는 것이 지금은 우리의 일상이 되었습니다.

"어서 와."

먼저 돌아와 있던 언니는 손을 살랑살랑 흔들며 저를 맞아주었습니다. 저는 홍차를 즐기고 있는 언니의 바로 옆을 지나쳐 그대로 침대에 풀썩 쓰러졌습니다.

보이는 그대로 녹초가 된 저를 바라보면서 언니는 "아르바이트는 어땠어?"라며 고개를 갸우뚱했습니다.

"보이는 그대로랍니다……."

"일이 힘들구나……."

"언니 쪽은 어떤가요?"

"보이는 그대로야."

몇 번이고 몇 번이고 넘긴 흔적이 남은 구인 잡지 다발을 원망스럽다는 듯이 탁탁 치면서 언니는 한숨을 내쉬었습니다.

여행의 동행자인 언니는 저와 같은 타이밍에 돈을 벌 일을 찾기 시작했습니다만, 운이 따르지를 않는 것인지, 지금까지 직업을 구한 모습은 보인 적이 없습니다.

"좀처럼 일이 정해지질 않아……."

언니는 한숨을 내쉬었습니다.

"이 나라에서는 외지인 일손을 원하지 않는 걸까……. 좋은 일이 전혀 없어."

"고르지 않으면 일은 있어요."

"응? 그러려나……."

"그렇답니다."

"그러고 보니 아빌리아는 무슨 아르바이트를 하고 있었지?"

"비밀이랍니다."

"어째서?"

"저는 일을 고르지 않았던 인간인지라."

"뭔가 왠지 모르게 수상한 분위기가 느껴져……."

의심의 눈길을 보내면서도 언니는 한숨을 한번 내쉬더니 "나도 고르지만 않으면 바로 일을 찾을 수 있으려나……" 하고 중얼거렸습니다.

솔직한 마음을 말하자면 언니에게는 일하지 않고 쭉 숙소를 지키게 하고 싶지만, 성격상 그럴 수도 없을 테지요.

제가 먼저 아르바이트를 시작하고 만 것이 더더욱 언니의 떳떳하지 못한 심정에 박차를 가하고 있는지도 모릅니다. 지금 언니는 기를 쓰고 일을 찾는 중입니다.

바라건대, 어서 서로 좋은 일을 발견해 이 떳떳하지 못한 마음에서 해방되었으면 좋겠습니다.

"앗."

갑자기 언니가 목소리를 냈습니다.

"저기, 이 코코의 고양이 카페라는 곳은 어떨까? 고양이랑 놀 수 있는 가게려나……. 재미있을 것 같아."

이런.

"거기는 안 된답니다."

"응? 어째서?"

"어째서고 뭐고 아무튼 안 되는 건 안 되는 거랍니다."

그것참 진짜로요.

어서 서로 좋은 일을 찾아서, 이 떳떳하지 못한 마음에서 해방되고 싶습니다.

【출처 정보】 8권 멜론 북스 구입 특전

【저자 코멘트】

고르지 않으면 일은 있다……! 라는 이야기였습니다. 아빌리아와 암네시아의 대화는 쓰기 편해서 좋아합니다.

평범한 외지인인 나를 받아들여 줄 만한 가게는 좀처럼 찾을 수가 없었다.

이 나라에 온 직후에는.

“음. 일단~ 적당히 돈을 벌 수 있는 가게를 찾아서~ 적당히 돈을 벌고서 이 나라를 떠나고 싶어.”

그런 가벼운 태도로 일을 찾았지만, 구직은 몹시 고생스러운 일이었다. 높은 이상을 갖고서 가게를 고르던 입국 직후의 나를 한번 혼내주고 싶을 만큼 혹독한 참상이 나를 덮쳤다.

“응? 너 여행자니? 그렇다는 건 일주일도 안 돼서 여길 나간다는 거? 아니 그게…… 우리, 며칠만 일할 사람을 고용할 여유는 없거든…….”

“단기 아르바이트는 모집하고 있지 않아…… 미안해…….”

“사람 놀리는 거면 돌아가!”

이상.

이것이 저의 아르바이트 찾기 여행의 기록. 슬플 정도로 일을 찾지 못했다.

언제나 나라에 도착할 때마다 나도 여동생 아빌리아도 일을 찾아 내일을 살기 위한 돈을 벌고 있지만, 언제나 매번 너무하다 싶을 만큼 일자리가 나오질 않는다.

“일레이나 씨는 언제나 어떻게 돈을 번 걸까…….”

과거에 나를 구해주었던 은인을 떠올리고, 나는 "다음에 만나면 돈벌이 방법을 가르쳐달라고 해야지……" 같은 말을 중얼거렸다.

그런 나에게 여동생 아빌리아는 "그냥 추측이지만, 그 사람은 위법한 일에 손을 대고 있을 것 같은 느낌이 든답니다"라고 단언했다.

"어째서 그렇게 생각하는데?"

나는 고개를 갸웃거렸다.

"여자의 감이랍니다."

딱 잘라 말한 아빌리아는 이어서 조금 뻐기듯이 "참고로 저는 일을 찾았답니다. 내일부터 찻집에서 일하게 되었답니다"라며 내게 자랑을 했다.

"……어떻게 일을 찾았어?"

"그것도 여자의 감이랍니다."

내가 모르는 사이에 나를 앞질러 나간 나의 여동생은 그 후 이렇게도 말했다.

"언니. 외지인이 돈을 벌기 위해서는 다소 위법적인 일에 손을 대는 것도 어쩔 수 없는 법이랍니다……."

그리 말하는 여동생의 눈은 어딘가 먼 곳을 바라보고 있었고, 왠지 여동생이 내가 모르는 사이에 어른의 세계로 여행을 떠나고 만 것처럼도 보였다.

"어른이 됐구나…… 아빌리아……."

"아니 아마도 살짝 더러워졌을 뿐이랍니다……."

그런 대화를 거친 뒤에도 나는 일을 찾아 돌아다녔지만, 역시

©Azure

외지인이 제대로 된 방법으로 일을 찾는 것은 고생스러웠다.

이곳저곳을 다니고 거절당하는 데 지친 나는 찻집으로 들어가기로 했다. 거리에서 발견한 것은, 뒤에서 위험한 일을 하고 있다……라는 약간 성가신 느낌의 설정을 가진 가게였다.

나는 별생각 없이 그 문을, 열었다.

【출처 정보】 8권 토라노아나 구입 특전

【저자 코멘트】 사실 8권 쇼트 스토리는 각각 본편으로 이어지는 이야기가 되기도 합니다. 뭐, 본편에 넣을 수 있을 정도는 아니지만 보완으로 쓴 이야기가 되었습니다.

다른 이야기입니다만, 드라마 CD에서 코바라 코노미 씨(암네시아)와 오카자키 미호 씨(아빌리아)가 주고받는 대화를 좋아합니다.

"스승님. 저기, 스승님."

"어? 뭐야?"

어느 날. 나는 마법 총괄 협회 지부의 흡연실 바로 옆에서 담뱃대를 물고 연기를 피워올리는 어리석은 행동을 태연하게 하며 주변에 민폐를 끼치고 있는 스승님의 소매를 잡았습니다.

아마도 "이거 담배가 아니라 담뱃대거든. 그러니까 흡연실에 들어가지 않아도 괜찮잖아?" 같은 양심이 매우 결여된 이야기를 하고 싶은 바이겠지만, 민폐일 뿐인지라 그만두어 주었으면 하고 생각했습니다. 하지만 이번에 제가 이렇게 스승님의 옆에 붙어 있는 것은, 결코 그러한 머리 나쁜 짓을 하고 있는 스승님을 규탄하기 위해서가 아닙니다.

"마법 가르쳐주세요."

그렇습니다. 마법을 배우고 싶은 것입니다. 나는 스승님인 어두운 밤의 마녀 실라에게 마법을 배워 정식으로 숯의 마녀 사야로 활동하고 있습니다만, 그러나 지금도 틈만 나면 스승님에게 마법을 배우고 있습니다.

어엿한 한 명의 마녀로서 대우받게 되기는 했다고 하나, 나는 아직 미숙하고 모르는 것이 아주 많습니다. 멈춰 있을 시간 같은 건 없습니다. 언제나 흰소리를 하고 있지만, 실제로 저는 꽤 성실한 편인 여자아이일지도 모릅니다. ……아니 제 입으로 할 소리는 아닙니다만.

"에이…… 귀찮은데……."

스승님은 제법 장난꾸러기 같은 마녀인지라, 내가 솔직하게 요청한다고 해도 기본적으로는 말을 들어주지 않습니다.

"싫거든."

역시나.

그러나 흐리터분한 스승님이 제 요청을 거절하는 건 언제나 있는 일. 일상다반사입니다. 다음에 나올 말도 저는 알고 있습니다.

그럼 일단 커피, 사 와. 라는 말을 하겠죠.

"그럼 일———."

"여기 있습니다."

스윽, 스승님에게 커피를 헌상하는 저.

"……!"

다소 놀란 듯이 눈을 부릅뜨고서 스승님은 "눈치가 빠른걸……" 하고 커피를 받아 들었습니다.

이다음은 기본적으로 그럼 이제 빵 사 와부터 시작해 연초, 커피 추가를 요청해 옵니다. 이미 익숙합니다.

"그럼 이제 빵———."

"여기요."

스윽 하고 빵을 헌상하는 나.

"……그럼 연초———."

"여기요."

이미 사두었습니다.

"……그럼 추가로———."

"커피 말이죠. 여기요, 여기요."

"…………."

그리하여 이윽고 한바탕 요구를 한 다음 "……어쩔 수 없네……" 하고 스승님은 성가시다는 듯이 머리를 긁적이고서 "그래서, 뭘 배우고 싶은데?"라고 내게 시선을 보내줍니다. 제법 장난꾸러기 같은 마녀로 보이지만, 스승님은 결코 마음이 악한 사람은 아닙니다.

내 일상은 대체로 이렇게 흐리터분하고 장난꾸러기인 스승님과 함께 자아지고 있습니다.

【출처 정보】8권 게이머즈 구입 특전

【저자 코멘트】

『마녀의 여행』 4권에서 하드보일드를 동경하지만 실상은 전혀 하드보일드도 뭣도 아닌 실수투성이 유리라는 여자아이를 선보인 적이 있습니다만, 실라를 쓸 때마다 유리가 가장 목표로 삼아야 할 하드보일드 캐릭터는 실라 씨가 아닐까 싶습니다.

"마녀님. 오늘은 생일이 아닙니까?"

어느 나라에서 입국 심사를 하던 중, 나라의 직원분은 생긋 웃음 지으며 저를 바라보았습니다.

"축하드립니다. 생일에 이 나라에 방문하다니, 당신은 운이 좋은 분이네요."

어라 어라?

"운이 좋다니 무슨 말씀인지?"

"우리나라에서는 생일에 이 나라를 방문한 분에 한해서 이러한 표를 나눠드리고 있습니다."

말하면서 직원분은 제게 종이를 한 장 건네주었습니다. 책갈피로 쓰면 딱 좋을 듯한 종이에는 『생일권』이라는 글자가 쓰여 있었습니다.

"……이게, 뭡니까?"

"생일권입니다."

아니 그건 보면 압니다만.

"이거, 무슨 효과가 있습니까? 무슨 교환권입니까?"

"네, 뭐 교환권이라고 하면 교환권이죠."

그리고 직원분은 믿기 어려운 한 마디를, 참으로 산뜻하게 내뱉었습니다.

말하길.

"이 종이를 보여주면, 이 나라의 어떤 것이든 딱 하나, 무료로 교환할 수 있답니다."

○

솔직하게 말씀드리자면 마을 전체가 눈부시게 보였습니다. 길에 늘어선 높은 건물들. 노점에서 팔고 있는 빵과 과일. 최근 막 발매한 책과 혹은 마네킹이 자랑스레 차려입고 있는 옷에 이르기까지. 모든 것이 눈부시게 보였습니다.

"이것도 저것도…… 전부 무료……입니까?"

그런데 이 종이를 갖고 있는 동안은 직원분이 저를 따라다니는가 봅니다. 제 뒤에 스탠바이 하고 있던 직원분은 아까와 마찬가지로 생긋 웃음을 지으면서 "네 그렇습니다" 하고 답했습니다.

"정말입니까……?"

"정말입니다."

끄덕, 고개를 끄덕이는 직원분.

저는 생일권과 거리를 번갈아 보면서 어찌할 바를 몰라 하며 허둥댈 뿐이었습니다. 너무나도 대수롭지 않게 건네받은 생일권에는 분명 『이 마을에 있는 것이라면 어떤 것이든 이 생일권을 내면 가질 수 있습니다. 또한, 거부권은 없습니다』라고 적혀 있었습니다.

그러니까, 예를 들면 제가 터무니없는 악인이라 "후후후 이 종이를 써서 이 나라를 손에 넣어주겠어요" 같은 말을 하며 임금님에게 종이를 건넨다고 한다면 "아, 그럼요 그럼요 이 나라를 당신에게 양도하죠" 하고 간단히 나라를 놓아버린다는 것이지요?

"……뭔가 너무 쓸쓸한 이야기라 더할 나위 없이 수상하네요."

그보다, 애초에.

"이 나라에 사는 사람은 생일권을 냈다는 이유만으로 '네, 여기요' 하고 뭐든 내주는 사람들뿐인 건가요? 아니면 뭔가 장치라도……?"

불빛에 비춰보거나 이것저것 해보았지만, 그러나 이 종이는 어디를 어떻게 보아도 평범한 종이일 뿐이었고, 어떤 특별한 장치 같은 것도 되어 있지 않은 모양이었습니다.

"마녀님, 그만두세요. 불에 비춰본들 아무것도 나오지 않습니다. 게다가 불타버리면 그 생일권의 효과는 사라집니다."

이런 이런, 하고 직원분은 저를 말렸습니다.

"이 나라에 있는 사람들은 모두가 선인이랍니다. 그래서 생일권을 내밀면 전부 따르는 거죠. 설령 어떤 물건이라 해도 분명 교환해줄 겁니다."

"정말입니까……?"

"정말입니다."

하지만, 이건 좀 지나치게 강력한 물건이로군요…….

"무얼 사면 좋을까요———."

너무나도 갑작스러운 상황에 어찌할 바를 모르는 저. 일단은 거리를 어슬렁어슬렁 돌아다녀 봤습니다만, 아무리 걸어도 애초에 저는 그저 여행자인 탓에, 예를 들면 집이나 가게 그 자체 등은 생일권과 교환해본들 쓸 방법이 없습니다.

그래도 일단 모처럼 받은 생일권이니까요.

"일단 제일 비싼 빵과 교환이라도———."

저는 노점으로 하느작하느작 다가가 잘 구워진 빵을 하나 가리키고, 그리고.

"저기, 이 빵을 하나, 이 생일권과 교환해———."

하고 내밀려 했습니다.

"…………."

그러나 생일권을 건네기 직전. 문뜩 생각했습니다.

이 나라는 선인뿐인 나라. 어떤 무모한 요구라 해도 생일권을 내밀면 답해줍니다. 생일권과 교환으로 어떤 것이든 손에 넣을 수 있습니다.

………….

그런데.

제가 건넨 생일권은, 대체 어디로 가는 것일까요?

"마녀님, 왜 그러시나요? 제일 비싼 빵을 사실 건가요?"

직원분이 뒤에서 불쑥 고개를 내밀었습니다. 다행히, 저는 아직 생일권을 건네지는 않았습니다.

"하나 질문해도 괜찮겠습니까?"

"얼마든지요."

"이 생일권은, 생일인 사람만 쓸 수 있는 건가요?"

"아뇨 아뇨. 그렇지는 않습니다."

"그럼 제가 여기서 이 빵과 교환해서 생일권을 넘길 경우엔."

"물론, 그 사용권은 노점 주인분에게 양도됩니다."

"…………."

"노점 주인분은 생일권을 이용해서 어떤 것이든 딱 하나, 생일권과 교환할 권리를 갖게 됩니다. 그러나 우리나라에는 선인밖에 없으니까, 아마도 빵과 교환한 정도라면, 그 사용권을 포기하겠죠? 사장님, 그렇죠?"

직원분의 물음에 가게 주인분은 고개를 끄덕였습니다.

게다가 직원분은 기쁜 듯이 손뼉을 쳤습니다.

"기쁘네요. 마녀님. 당신은 상당히 선인이로군요. 악인이었다면 지금쯤 '후후후 이 종이를 써서 이 나라를 손에 넣어주겠어요' 같은 말을 하며 임금님이 계신 곳으로 직행했을 거예요."

"어머나! 그런 나쁜 생각을 하는 사람이 있나요? 너무하네요."

조금 전 머릿속을 스쳐 갔던 나쁜 생각을 훌륭하게 지워버리며 선인인 직원분에게 전력으로 편승하는 마녀가 한 사람 있었습니다.

그것은 누구인가.

그렇습니다. 저입니다.

"그 말은 즉, 요컨대 이건 악인인지 선인인지를 판별하기 위한 것이라는 말입니까?"

뭐가 생일권입니까? 엄청나게 위험한 물건이지 않습니까?

"그 말대로입니다. 참고로 생일이 아니었다면 여행자님에게는 '당신이 백 번째 여행자입니다!' 하고 교환권을 건네게 되어 있답니다."

"어째서 그런 성가신 짓을……."

그러자 직원분은 다시 생긋 웃고 말했습니다.

"그야 물론, 밝혀내기 위해서죠."

○

"라는 게 며칠 전 생일날 이야기인데요."

훗날, 여행 중에 우연히 만난 사야 씨에게 저는 선물 삼아 이상한 나라에서 일어난 일을 이야기해주었습니다.

사야 씨는 "특이한 나라도 있군요"라고 고개를 끄덕이면서도, "그래서, 결국 일레이나 씨는 그 생일권으로 뭘 받았나요? 들은 느낌으로는 그다지 비싸지 않은 물건이라면 평범하게 교환해줄 것 같았는데요."

제일 비싼 빵과 교환하는 정도라면 별문제 없는 것 같으니, 분명 생일권과 바꿔 소박한 무언가를 받아도 괜찮았을 테지만 말이지요.

"뭐, 모처럼이니 기념으로 하나 특별한 것을 받았습니다."

"뭔가요?"

"이거예요."

저는 그렇게 말하면서, 마침 읽던 중인 책 사이에서 슬쩍 종이를 한 장 뽑아 들었습니다.

'생일권'이라고 쓰인 특별한 종이가 그곳에 있었습니다.

【출처 정보】 Twitter 투고 작품

【저자 코멘트】

다시 일레이나의 생일 이야기였습니다. 이쪽은 Twitter에 올린 이야기입니다. 그런데 일레이나는 대체 몇 살이냐는 질문을 자주 받습니다만, 캐릭터의 정확한 나이를 공개하면 충격을 받는 일이 있다고 생각해 의도적으로 감추고 있습니다. 초등학생 시절에 줄곧 연상이라고 생각했던 캐릭터의 나이를 지나버렸을 때의 충격이란 헤아릴 수 없는 것일 테지요. 저는 『지옥 선생 누베』에서 그걸 경험했습니다.

"뭐꼬."

그 나라의 문에 다다른 직후에 문지기 병사님은 저를 향해서 그런 이상한 단어를 내뱉었습니다.

"뭐라고요?"

"뭐꼬."

문지기 병사님은 다시, 그리고 말투에 다소 기세를 담아서 말했습니다. 그 후, 그가 "이런, 실례. 이 나라에서 이 말은 다양한 의미를 담고 있습니다"라며 고개를 숙인 것은 제가 다시 한번 "뭐라고요?" 하고 말투에 불쾌감을 담아 고개를 갸웃거리기 전의 일이었습니다.

저는 "……아, 네에. 뭐, 상관없습니다만" 하고 다소 부루퉁하게 대답했습니다.

문 너머에 자리한 이 나라의 모습은 잘 보이지 않았습니다. 시끌벅적하고 음식이 맛있고, 독특한 말을 쓴다는 이야기는 다른 곳에서 들은 적이 있습니다. 대체 그 안이 어떤 나라인가 하는 점에 관해서는 이전부터 흥미를 느끼고 있었습니다만, 좀처럼 입국할 기회가 없었습니다.

재미있는 나라라는 소문은 전부터 들었으니, 각오는 하고 있었습니다. 그러나 설마 입국 직전부터 일찌감치 이벤트가 벌어지리라고는 생각도 하지 못했습니다.

그런데.
"그 '뭐꼬'는 무슨 의미입니까?"
들어본 적 없는 단어입니다만?
"이 말만 하면 대부분의 일은 어떻게든 되는 신기한 단어입니다."
즉답했습니다.
"…………."
저는 이 나라의 사정에 관해서는 아무래도 상세하지는 못합니다만 그 해석만큼은 절대로 틀렸다고 단언할 수 있을 것만 같았습니다…….
"그런고로 마녀님도 이 나라의 문을 통과한 곳에서 누군가가 말을 걸어오면 이 말을 써주십시오. 달리 뭔가 알고 싶은 것이 있으십니까? 원하신다면 가르쳐드리겠습니다만."
"……아뇨 괜찮습니다."
"뭐꼬."
"…………."
"뭐꼬. ……아, 이런 걸 텐동이라고 하는데, 같은 대화를 몇 번이고 반복할 때 쓰는 용어입니다. 이거 연습해두시겠습니까?"
"…………."
저는 여기에서 '……아뇨 괜찮습니다'라고 다시 고개를 저으려 했습니다만, 그러나 그 직전에 깨달았습니다. 이것은 덫입니다. 여기서 만약 그 말을 내뱉어버리면, 그건 그야말로 문지기 병사님이 말한 텐동이 되는 겁니다.
왠지 문지기 병사님이 생각한 대로의 전개를 만들어드리는 것은 내키지 않았기 때문에, 저는 벌리려던 입을 다물고, 그리고 생각했습니다. 이런 경우엔 뭐라 대꾸하는 것이 적당할까요?

직후에 깨달았습니다. 그것만 말해두면 일단 어떻게든 되는 신기한 말을, 저는 조금 전에 배우지 않았습니까?

그래서 말했습니다.

"뭐꼬."

【출처 정보】 8권 애니메이트 오사카 닛폰바시 구입 특전

【저자 코멘트】

판타지 세계인데 방언이 있어도 괜찮은 것인가? 하는 생각을 했습니다만 애초에 아르테가 시골 출신에 사투리 캐릭터니까 뭐 괜찮겠지 싶었습니다. 뭐, 외국에서도 지역에 따라서 평범하게 사투리를 쓰니까요.

어느 곳에, 정말이지 참으로 아름다운 왕녀님이 계셨습니다.

그 나라의 사전에서 '아름답다'라는 단어를 찾아보면 '어쩌면: 왕녀님?' 같은 쓸데없는 서제스트가 끼워 넣어질 정도로 아름다워서, 백성들은 그녀가 너무나도 아름다운 탓에 그녀를 앞에 두면 하나같이 넙죽 엎드리기까지 했습니다. 필설로 다할 수 없는 아름다움이었습니다.

그런 폭력 같은 아름다움을 휘두르는 왕녀는, 그날, 고민하고 있었습니다.

"……나는 어째서 결혼을 못 하는 걸까? 이렇게나 아름다운데."

그렇습니다. 결혼 활동입니다.

이 세상에서 가장 아름답다고 왕녀님은 자각하고 있었습니다만, 전혀라고 해도 좋을 만큼 인기가 없었습니다. 나라의 남자들은 그녀를 앞에 두어도 넙죽 엎드릴 뿐. 운명의 상대를 만나지 못하고 있는 것입니다.

대체 어째서일까요?

"혹시 나보다 아름다운 여자가 있는 거야……?"

왕녀가 남자에게 인기가 없는 것은 그저 신분이 너무나도 높기 때문에 접근하는 것조차 황송하다고 여겨져서입니다만, 그러나 왕녀는 적당히 어긋난 감성을 갖고 있었던 것입니다.

그런 연유로 왕녀는 거울을 향해서, 혼자 중얼거렸습니다.

사람 말을 할 수 있는 신기하고 신기한 거울을 만지며 중얼거렸습니다.

"거울아, 거울아, 세상에서 누가 제일 예쁘니?"

아름다운 왕녀님을 비추고 있던 거울은 그 말에 반응하더니, 하나의 풍경을 보여주며 답했습니다.

"그렇습니다. 저입니다."

거기에는 잿빛 머리카락을 가진 아름다운 소녀의 모습이 있었습니다.

○

"그것참, 마녀님 덕분에 우리 회사의 업적도 쑥쑥 성장 중입니다! 웃음이 멈추지를 않는군요!"

숲의 요정들은 하나같이 제게 그렇게 알랑거렸습니다. 대략 일곱 명 정도로 운영되던 이 영세 기업에 제가 참견을 하게 된 것은 지금으로부터 대략 몇 주 전으로 거슬러 올라갑니다.

숲속, 제가 평소처럼 여행을 하던 중에 요정 아저씨들이 "우리…… 건축 기술은 최고인데 전혀 팔리질 않아……" 하고 중얼거리는 말을 듣고 말았던 것입니다.

어라라, 뭔가 고민이라도? 하고 제가 흥미 본위로 그들 곁으로 다가가자, 그들은 "그게 실은, 우리는 건축 일을 하고 있는데, 집을 지어도 지어도 늑대 자식이 집을 날려버리는지, 클라이언트인 돼지들에게서 불만이 들어오고 있어"라고 답했습니다.

어머나, 큰일이네요. 그럼 제가 조금 지혜를 빌려드리죠, 하는 상황에 이르렀고, 저는 그들에게 "그럼 벽돌로 집을 지어보면 어떤가요?"라고 조언했습니다.

그들이 나무집 대신 벽돌집을 짓기 시작하자 클라이언트인 돼지들이 "꿀꿀" 하고 감사 인사를 했습니다.

과연, 그렇군요.

"실례지만 돼지들이 무슨 말을 하는지 전혀 짐작이 되지 않습니다만."

저는 말했습니다.

한 요정이 면목 없다는 듯이 대꾸했습니다.

"헤헤헤 아가씨 귀엽네 하고 말하네요."

"따귀를 때려도 되겠습니까?"

그러자 돼지는 또다시 "꿀꿀" 하고 답했습니다.

"이번엔 뭐라고?"

저는 말했습니다.

한 요정이 면목 없다는 듯이 대꾸했습니다.

"때려주세요! 부탁드립니다! 하고 말하네요."

"이 돼지 녀석이……."

아무튼, 저는 그런 느낌으로 요정들의 사업에 참견하게 되었던 것입니다. 요컨대 책임자인 양 돈을 가로채고 있었습니다.

요정들이 만든 집 안에서 느긋하게 시간을 보내고, 하루의 끝에 업무 보고를 받으며 마무리를 할 뿐인 편한 일에 종사하게 되었던 것입니다. 어머나, 식은 죽 먹기. 이런 식으로 돈을 벌어도 과연 괜찮은 것일까요? 그런 생각을 할 정도였습니다.

순풍에 돛을 달았다는 건 바로 이런 것이겠지요. 저는 그저 한결같이 돈을 긁어모았습니다.

"후후후…… 후후후후……."

뻔뻔스러운 미소가 자연스럽게 새어 나올 만큼.

○

"크읏…… 저게 재의 마녀인가…… 미워라…… 미워……! 뭐야, 저 웃음소리! 열 받아!"

마녀가 홀로 조용히 독서에 열중하고 있는 모습을 창밖에서 들여다보며 왕녀님은 손에 든 손수건을 꽉 물고 빠드득빠드득 잡아당겼습니다. 알기 쉬울 만큼 스트레오 타입인 질투 방법이 그곳에서 펼쳐지고 있었습니다.

이 세상에서 가장 아름다운 것은 자신이 틀림없다고 믿고 있던 왕녀는, 그러나 눈앞에서 의기양양하게 웃고 있는 어린 마녀를 보고 "어라……? 확실히 가까이에서 보니 엄청나게 귀여워…… 저 애 뭐야……" 하고 마음속으로 이미 백기를 들어버린 자신이 있다는 것에도 화가 났습니다.

참고로 사람 말을 하는 거울은 "역시 일레이나 씨가 제일 귀여워요" 같은 잠꼬대를 지껄인지라 주먹으로 깨부수어 두었습니다.

잠시 이야기가 샜습니다만, 아무튼 그 정도로 왕녀님은 눈앞에 있는 재의 마녀에게 불합리한 분노를 느끼고 있었습니다.

미움을 느꼈습니다.

증오를 느꼈습니다.

"…………후후후. 마녀님, 지켜보세요. 내가 이 세상에서 제일 아름다우니까…… 나보다 아름다운 여자 따위 이 세상에는 존재하지 않아……!"

그나저나 제일이 되기 위해서는 무얼 어떻게 하면 되는지, 아십니까?

노력해서 제일이 된다. 제일이 될 수 있는 장르를 찾는다. 여러 가지 방법이 있습니다만, 역시 제일이 되기란 상당히 어려운 일이고, 자신보다 위의 인간을 앞지르기란 몹시도 힘든 일입니다. 거기에는 노력으로는 어찌할 도리가 없는 재능이 존재하기 때문입니다.

그럼, 제일이 되는 가장 빠르고 간단한 방법은 무엇일까요?

답은 간단합니다.

자신보다 위에 있는 인간을 없애버리면 됩니다.

○

제가 책을 읽으며 시간을 보내고 있으려니 문득 숲속 오두막집 문을 두드리는 소리가 들렸습니다.

똑, 똑, 천천히. 이쪽 반응을 살피는 듯한 조심스러운 노크가 두 번. 그 후에 "계십니까?" 하는 맑은 목소리가 들렸습니다.

손님이 찾아온 걸까요?

"네."

저는 아무런 경계도 하지 않고 문을 열었습니다.

수상한 풍모의 여성이 문 앞에 서 있었습니다. 후드를 깊게 눌러써서 얼굴은 보이지 않습니다. 손에는 작은 바구니가 들려 있었고, 그 안에는 사과가 가득 들어 있었습니다.

"안녕하세요. 귀여운 마녀님. 잠시 이야기를 나눠도 괜찮을까요?"

저는 문을 닫았습니다.

"잠깐! 어째서 문을 닫는 건가요? 실례 아닌가요?"

문 너머에서 불만을 늘어놓는 정체불명의 여성.

저는 고개를 저었습니다.

"죄송합니다 잡상인은 거절입니다."

"아니에요! 아니에요! 잡상인이 아니거든요?"

"그럼 포교인가요?"

"포교도 아니에요!"

"그럼 뭡니까?"

저는 문을 살짝 열었습니다.

"……저기, 저는 이웃에 사는데, 사과가 좀 남아서…… 그…… 나눠드리려고……."

"아아, 그런가요……. 그것참 감사하게도."

저는 다시 살짝 문을 열었습니다. 후드를 깊게 눌러쓴 그녀는, 이어서.

"자, 여기요. 아주 맛있는 사과랍니다. 이건 천국에 올라갈 만큼 맛있다는 평판이에요."

그렇게 말하면서 제게 사과를 쑥 내밀었습니다.

"……과연. 오호라. 그렇게나 맛있습니까? 그렇게까지 칭찬하는 말을 들으면 신경이 쓰이네요."

저는 그 사과를 순순히 받아 들었고, 그리고.

"그런데 조금 전부터 신경이 쓰였습니다만, 그 손은 어쩌다 그런 겁니까?"

그녀의 손에는 붕대가 빙글빙글 감겨 있었습니다. 다치기라도 한 걸까요?

"아, 이건…… 살짝 건방진 거울을 깼더니 이렇게 됐어요."

"……그게 무슨 말인가요……?"

의미를 잘 알 수 없었지만, 그러나 저는 신경 쓰지 않기로 했습니다. 귀찮았던지라.

그보다도.

"상처가 났을 때는 연고를 바르는 게 좋습니다. 잠시 기다려주세요. 오두막 안에 있는지라."

저는 사과를 든 채로, 한 번 문을 닫았습니다.

그리고 곧장 문을 열었습니다.

"오래 기다리셨습니다. 연고를 환부에 발라주세요. 천국에 올라갈 만큼 상처가 금세 낫는다는 평판의 약입니다."

"어머, 멋져라. 이런 걸 받아도 되나요? 당신 친절하군요."

그녀는 우후후 하고 웃더니 손에 감은 붕대를 풀고 제가 준 연고를 손끝에 묻혀 상처에 바르기 시작했습니다.

"어머…… 이 약, 사과 냄새가 나는걸."

의아하다는 표정을 짓는 그녀에게 저는 답했습니다.
“이거 당신에게 받은 사과예요. 갈았습니다.”
“에엣?”
그녀의 몸에 이변이 생긴 것은 그런 얼빠진 말을 내뱉은 직후였습니다.
“끄으우.”
털썩하고 그녀는 그 자리에서 쓰러지고 말았던 것입니다. 막대기처럼 굳어진 채, 그녀는 그대로 움직이지 않았습니다.
“……역시 독이 들어 있었나요…….”
무슨 이유인지는 모르겠지만, 저는 아무래도 목숨이 위험했나 봅니다.

○

일단 그녀의 몸에 들어간 독은 제가 마법으로 없애두었습니다. 갑자기 제 목숨을 노렸다고는 하나, 반격해 죽이면 아무래도 꿈자리가 안 좋을 테니까요.
우선 그녀의 몸을 치료하고, 잠들어 있게 두었습니다. 곧 깨어날 테지요.
깨어났을 때 날뛰지 않도록 저는 그녀의 몸을 밧줄로 꽁꽁 감기 시작했습니다.
제가 그러한 사후 처리로 바쁜 중의 일입니다.
“거기, 자네. 잠깐 괜찮겠나?”

갑자기 묘한 남자가 제 앞에 나타났던 것입니다.

"당신은?"

올려다보니, 그는 백마를 타고 있었습니다. 왕관도 머리 위에 올려져 있었습니다. 차림새로 보아 아마도 왕자일 테지요.

"나는 왕자다."

그는 자랑스레 말했습니다.

"우연히 길을 지나가던 네크로필리아 왕자다."

묘한 단어를 덧붙였습니다.

우연히 길을 지나가던 네크로필리아 왕자라니 대체 뭔지. 그 개념이 좀처럼 이해되지 않았습니다만, 따지는 게 귀찮았기 때문에 저는 "그렇습니까. 좋겠네요"라고 대꾸했습니다.

왕자는 기뻐했습니다.

"그러하다. 좋다. 그나저나 자네가 줄로 꽁꽁 감고 있는 그 여성도…… 좋구나. 실로 좋다. 잠든 것처럼 보이지만 정말로 죽은 것처럼도 보이는 아름다운 얼굴이 참으로 좋아. 내 아내로 삼고 싶을 정도야."

"네에에."

아무래도 특이한 성적 취향을 가진 분인가 봅니다. 깊이 파고들지 않기로 했습니다.

"하지만 나는 오래전부터 사랑에 애태우던 사람이 있어서, 아쉽지만 거기 그녀와 사랑에 빠지는 건 불가능해."

"그렇습니까."

어찌 되든 상관없다고 진심으로 그렇게 생각했지만 저는 고개를 끄덕였습니다.

"그렇다. 이 근처 나라에 사는 왕녀가 매우 아름다운 분이거든. 그건 정말이지, 마침 거기에 쓰러져 있는 그녀와 똑 닮아서—— 응? 어라? 어라 어라 어라? 자네, 줄로 꽁꽁 묶이고 있는 그녀, 혹시 왕녀가 아닌가?"

"엑? 그렇습니까?"

왕녀가 제 목숨을 노리다니, 이건 대체?

"아니 틀림없어. 거기 있는 그녀야말로 내가 찾고 원하던 이상의 여성. 왕녀님이야! 대체 이런 데서 그녀는 무얼 하고 있는 거지?"

저를 죽이려고 했습니다.

……라고는 도저히 말하기 어려웠던지라, 저는 일단 연기를 하기로 했습니다.

"그게 그러니까—— 실은."

이러이러 저러저러, 하고.

○

그러고서 며칠 후.

어느 나라에서 결혼식이 성대하게 열렸습니다. 결혼 퍼레이드 중심에는, 약간 성적 기호가 이상한 방향으로 기울어 있는 왕자. 그 옆에는 여전히 사태가 약간 이해되지는 않지만, 아무튼 일단 결혼할 수 있으면 됐다며 당당하게 백성들에게 미소를 지어 보이는 왕녀님의 모습이 있었습니다.

그 후, 저는 왕자님에게 "실은 왕녀님은 왕자님의 성적 기호를 이해하고 싶다는 생각을 하고, 그걸 위해 깊은 잠에 빠지고 말았던 것입니다. 눈을 뜨게 하기 위해서는 왕자님이 진실한 사랑을 담아 입맞춤을 해야만 합니다"라고 속삭여드렸습니다.

왕자의 특이한 취미를 이해하려 하는 속 깊은 마음을 가진 아름다운 왕녀에게 왕자는 홀딱 반했고, 왕자는 그대로 그녀를 나라로 데려가 입맞춤을 해 눈을 뜨게 했습니다.

눈을 떴다기보다 제가 마법을 해제했을 뿐입니다만.

아무튼 그러한 흐름을 거쳐서 이러니저러니 하는 사이에 그와 그녀는 결혼하기에 이르렀던 것입니다.

"어머…… 어머 어머…… 나도 참 이렇게 행복해도 괜찮은 걸까……."

퍼레이드 중에 왕녀님은 혼자, 그런 말을 중얼거렸습니다.

"설마 당신이 내 사랑의 큐피드가 되어줄 거라고는 생각도 못 했어요…… 확실히, 이 세상에서 제일 아름다운 건 당신일지도 모르겠네요."

그런 말도 하셨습니다.

나중에 들은 이야기입니다만, 그녀는 아무래도 결혼 활동을 위해 저를 습격했던 모양이었습니다. 즉, 결혼만 할 수 있으면 저에 관한 건 딱히 상관없었던 것일 테지요.

뭐 그래도 저를 습격했던 사실은 유감스럽게도 사라지지 않습니다만.

"아앗…… 저는 행복해요……!"

감격으로 눈가를 촉촉하게 적시는 왕녀님.

"네 그러네요. 잘됐네요."

우후후 하고 저도 그녀에게 마주 웃어드렸습니다.

그런데.

"당신이 제게 한 악행, 저는 확실하게 기억하고 있습니다만──."

저는 그녀의 어깨에 손을 올리면서 살며시 속삭였습니다.

"들키고 싶지 않다면…… 알겠죠?"

"……네?"

"알 · 겠 · 죠?"

"…………."

이리하여 저는 돼지 상대로 장사를 하는 것이 바보 같이 느껴질 정도로 큰돈을 뜯어내는 데 성공했습니다.

해피 엔딩.

【출처 정보】 8권 애니메이트 유상 특전「성우 토크 CD」각본

【저자 코멘트】

지금에 이르러서는, 매우 그런『마녀의 여행』8권 애니메이트 유상 특전 성우 토크 CD를 위해 새로 썼던 원고입니다. 15권을 맞아 오랜만에 성우 토크 CD를 다시 들었는데, 역시 혼도 카에데 씨의 낭독극은 재미있습니다.

1권 때부터 계속 신세를 지고 있습니다만, 분명 혼도 씨가 담당해주지 않았다면『마녀의 여행』이 여기까지 오지 못했을 겁니다.

1권 1화의 낭독극과 합쳐서 재판이라든가 하지 않으려나. 해줘. 부탁이야.

나와 리나리아 씨의 역사 탐방은 변함없이 계속되고 있습니다.

나와 리나리아 씨의, 같은 말을 하기는 했지만, 사실 어느 쪽인가 하면 나는 리나리아 씨의 덤으로 적당히 따라다닌다는 인식을 갖고 있습니다.

"여기 이 조각상 좀 봐. 멋져."

나의 파트너인 리나리아 씨가 "후후후후" 하는 기분 나쁜 웃음을 지으며 뺨을 슬슬 문지르고 있는 것은 무엇 하나 특별할 것 없는 평범한 조각상. 대체 이 조각상의 어디가 좋은 것인지 나로서는 전혀 모르겠습니다.

"이게 뭔가요? 잘 모르겠습니다만."

"잘 물어봤어. 과거, 위대한 마녀가 '돈이 없네요…… 그래! 일단 사기라도 쳐보죠'라는 실없는 소리를 하면서 마을 사람들에게 돈을 뜯고 다닌 사건이 있었어. 그 당시 마을의 대표가 '이런 못된 짓을 한 마녀를 영원히 잊지 않기 위해 조각상을 만들어두자'라고 했대. 그런 경위를 거쳐서 이 조각상이 마을 박물관에 생긴 거지. 요컨대 이 조각상은 위대한 인물을 칭송하기 위한 것이라기보다는 그냥 구경거리가 된 죄인이지. 이런 조각상은 보기 드물어."

과연, 그렇군요.

"실례지만 들어도 역시 잘 모르겠습니다."

"너는 역사에 조금 더 흥미를 가져야 한다고 봐."

"리나리아 씨는 일반 상식을 조금 더 가지는 편이 좋다고 생각해요."

"실례네. 갖고 있거든."

문질문질 문질문질.

"알겠어? 아르테. 이런 보기 드문 조각상과 만날 기회는 좀처럼 없어."

"아, 그렇군요."

"어쩌면 앞으로 두 번 다시 보지 못할지도 몰라."

"그렇군요."

"여기서 빰을 문지르지 않으면 두 번 다시 빰을 문지르지 못할 거라고 생각하지 않아?"

"죄송해요 마지막 말만큼은 무슨 소리인지 잘 모르겠어요……."

생각하지 않아? 가 아닙니다…….

"아무튼, 전설의 조각상 빰을 문지르는 것도 좋은 경험이 된다는 거야. 당신도 해볼래?"

"아니 저는 딱히."

"사양하지 말고."

"아뇨 사양하는 게 아닙니다만———."

그보다, 애초에. 그 이전에 말이죠.

"리나리아 씨, 거기, 출입 금지입니다만……."

"응?"

귀엽게 고개를 살짝 갸웃거리는 리나리아 씨. 그 주변은 꼼꼼

하게 구분 선이 설치되어 있었고, 거기에 더해 '출입 금지 조각상은 만지지 말 것'이라고 주의 사항까지 적혀 있었습니다. 리나리아 씨는 그 안으로 들어가서 조각상을 문질문질 하고 있었던 것입니다.

"————이 노오오오옴! 거기 너! 무슨 짓이야!"

당연하게도 규칙을 지키지 않은 리나리아 씨는 경비원에게 바로 붙잡혔습니다.

"……어? 아, 저기……."

놀란 눈을 한 리나리아 씨는 도움을 바라듯이 나를 바라보았습니다. 그래서 나는 슬쩍 시선을 돌린 다음, 단 한 마디, 말해드렸습니다.

"……뭐, 그, 이런 것도 좋은 경험이 되지 않을까요……."

【출처 정보】 9권 게이머즈 구입 특전

【저자 코멘트】

아르테와 리나리아 이야기는 처음엔 『마녀의 여행』과는 전혀 관계가 없는 신작 예정으로 쓰고 있었는데 어찌어찌하다 보니 본편에 포함되게 되었다, 라는 경위는 어디선가 쓴 것 같습니다만, 뭐 이야기의 시간 축 상으로는 일레이나가 어른이 된 후의 세계를 볼 수 있게 됐으니 좋은 일이려나 싶습니다. 하지만 원래 예정하고 있던 이야기도 언젠가 쓰고 싶습니다. (출판사 쪽을 보면서)

"나 생각해봤어요. 오히려 일레이나 씨는 나를 좋아하는 게 아닐까 하고."

사야 씨가 저에게 그러한 의미 불명의 말을 던져온 것은 갑작스러운 일이었고, 저는 책을 읽던 손을 멈추면서도 "아, 네에…… 그런…… 가요?" 하고 몹시 애매한 대꾸를 하기에 이르렀습니다.

"세상에는 츤데레라는 개념이 있다나 봐요. 일레이나 씨."

"츤데레."

과연 대체 그것은 무엇일까요?

사야 씨가 말하길.

"츤데레라는 건, 그 사람을 좋아하면서도, 그러면서도 자신의 마음에 솔직해질 수 없어서 속마음과는 정반대로 말하고 마는 사람을 가리킨대요."

"네에……."

저는 이때서야 겨우 고개를 들었습니다.

"그래서, 그 츤데레라는 것과 제가 대체 무슨 관계가 있다는 겁니까?"

"그게, 일레이나 씨는 내가 사랑한다고 해도 무시하잖아요?"

"하죠."

"그리고 일레이나 씨가 누군가에게 호의를 보내는 모습을 본 적이 없고요."

"그러네요 없네요."

"그렇죠? 그건 즉, 츤데레인 게 아닌지?"

"절대 아니라고 생각합니다……."

"그렇게 말할 거라고 생각해서 오늘은 자료를 조금 준비해 왔습니다. 이쪽을 봐주세요."

말하면서 사야 씨는 어디선가 큼직한 종이를 꺼내더니 벽에 붙였습니다.

"이건 일레이나 씨의 평소 언동을 가시화한 거예요."

"당신 한가합니까?"

"아뇨 일레이나 씨 연구로 바빠요."

"죄송합니다 잘못 말했네요. 당신 스토커입니까?"

"네."

"그 부분은 부정해줬으면 했습니다……."

"일단 제 연구 성과를 봐주시겠어요?"

저의 경멸하는 눈빛을 대수롭지 않게 받아넘기면서 사야 씨는 말을 이었습니다.

"일레이나 씨에게 사랑 고백을 했을 때 예상할 수 있는 반응입니다만, 90퍼센트의 경우 '잠깐 무슨 말을 하는 건지 잘 모르겠습니다'라고 거부당합니다."

"네."

"참고로 나머지 10퍼센트는 무시입니다."

"과연."

"그리고, 세상 츤데레들의 통계가 이쪽. 사랑 고백을 받았을 때, 이쪽도 마찬가지로 90퍼센트의 경우 '너, 무, 무슨 멍청한 소리를 하는 거야! 뭐, 네가 꼭 그러고 싶다고 한다면…… 그, 사귀어 주지 못할 것도…… 없지만'이라는 거부의 자세를 보입니다."

"아니 거부하지 않았는데요?"

"후반 부분에는 형편 좋은 소음이나 무언가에 의한 방해를 받아 결국 '무, 무슨 소리를 하는 거야!' 부분밖에 들리지 않는지라 상황적으로는 부정과 같다고 여겨집니다."

"으음……."

"참고로 나머지 10퍼센트의 경우엔 '나도…… 좋아해'라고 답합니다."

"이제 츤데레고 뭐고 아니지 않습니까 그거."

"참고로 이 대답은 어찌어찌하여 상대에게 들리지 않기 때문에 무시와 마찬가지가 됩니다."

"…………."

"아무튼 그런 느낌으로, 일레이나 씨의 언동은 츤데레와 일치하고 있는 겁니다."

"대체로 비율만 일치하는 거 아닙니까?"

"아뇨 아뇨! 하지만 잘 생각해 보세요!"

불쑥, 한층 더 앞으로 몸을 기울이는 사야 씨. 그녀는 이어서.

"애초에 일반적인 츤데레의 데레 부분은, 상대에게 들리지 않는 일이 많아요. 그 탓에 그저 츤츤거릴 뿐인 아이라고 여겨지기 쉽다——라는 통계 결과가 나와 있어요."

"새삼스럽지만 엄청나게 바보 같은 통계를 냈군요. 사야 씨."

"그건 제쳐두고!"

여기까지 오면 사야 씨의 기세는 이제 멈출 줄을 모릅니다. 그녀는 말했습니다.

"이 이론으로 보면, 일레이나 씨가 설령 데레라고 해도, 내게 들리지 않고 있을 가능성이 높은 겁니다!"

"이론이 파멸하고 있습니다만……."

"그런고로 일레이나 씨. 나에게 데레의 모습을 보여주세요."

엉망진창인 채로 대화를 강제 종료시킨 사야 씨는, 그리고 귀에 손을 대고 "자, 자. 어서요. 어서" 하고 중얼거리며 기다렸습니다.

아무래도 기대하고 계신가 봅니다만.

제가 여기서 해야 할 일은 정해져 있습니다.

"…………."

이리하여 저는 언제나처럼, 혹은 통계의 남은 10퍼센트를 발휘하면서 다시 독서를 시작했습니다.

"앗…… 일레이나 씨가 '나도 좋아해'라고 해준 거 알아요……."

참고로 사야 씨는 설레고 있었습니다.

【출처 정보】 멜론 북스 페어 구입 특전

【저자 코멘트】

이 녀석 최강 캐릭터인가?

"과자가 전혀 팔리지 않아요……."

어느 마을 한쪽에 이제 막 가게를 연 그녀는 머리를 끌어안고 있었습니다. 그녀의 가게는 전혀 장사가 안됐습니다. 대체 어째서일까요? 그녀가 정성을 들여서 만든 케이크와 쿠키는 오늘도 쓸쓸하게 가게에 진열되어 있을 뿐. 과자 가게는 이 주변에 그녀 가게 하나뿐일 터인데, 가격도 적당한 수준인데, 가게 주인은 이렇게나 미인인데, 그런데 팔리지 않는다.

요즘은 그뿐 아니라 피부도 상해서 신경 쓰이고, 물가 상승도 신경 쓰이고, 어머니가 "슬슬 손주를 보고 싶다"라든가 "언제쯤에나 사귀는 사람을 데려올 거니?"라든가 "옆집 딸은 이번에 결혼한다더라. 분명 너랑 동갑이었지?"라든가, "아버지 회사 지인의 아들이 결혼한 사람을 찾고 있다더라. 이 사람, 어떠니? 벌이도 꽤 괜찮대"라든가 하며 외동딸의 장래를 걱정하기 시작한 지경이라 이래저래 고민이 끊이질 않았습니다. 가게 사장님은 머리를 끌어안았습니다.

"크읏…… 저는 대체 어쩌면 좋을까요……."

우물우물 케이크를 먹으면서 눈물을 뚝뚝 흘리는 사장님. 그러나 팔리지를 않습니다.

"흐에엥…… 싫어…… 결혼하고 싶지 않아……."

이제 인격이 바뀌어버릴 만큼 침울해진 사장님.

애수가 감도는 그녀의 모습에, 그때 손을 내민 이가 한 사람 있었습니다.

"과연. 사정은 알았습니다."

머리카락은 잿빛, 눈동자는 유리색. 까만 삼각 모자와 까만 로브를 몸에 걸친 그녀는 여행자이자 마녀입니다.

과자가 팔리지 않는다는 중대한 사태에 가장 먼저 달려와서는 가게 케이크에 입맛을 다시며 "과연 이게 팔리지 않는 건 확실히 문제로군요. 큰 문제예요. 서둘러 대책을 세워야겠어요" 같은 말을 하면서 신이 나서 상담을 받아주는 마녀가 그곳에는 있었습니다. 그것은 대체 누구인가.

그렇습니다. 저입니다.

"이익이 나오게 하면 되는 거죠? 그렇다면 가격 설정을 바꿔보면 어떤가요?"

"가격 설정을…… 바꾼다?"

"네. 일단 지금 가격은 너무 싸니까, 네 배 정도의 가격으로 해두죠."

"네 배라고요?!"

가게 주인은 목소리를 높였습니다.

"그런 말도 안 되는 가격에 팔릴 리가 없어요!"

"아뇨, 아뇨. 애초에 이 가게의 과자는 아주 맛있고, 애초에 지금 가격 설정으로는 너무 저렴합니다. 이래서는 팔릴 것도 안 팔려요."

"하지만 많은 사람들이 먹어줬으면 해서……."

"그런 고집이 있는 건 이해하지만, 애초에 너무 싼 물건에 사람들은 흥미를 보이지 않습니다. 가격이 비싸기 때문에 '맛있을지도 몰라' 하고 기대를 품는 겁니다. 그리고 그 기대를 능가할 정도로 이 가게 과자는 맛있습니다. 그러니까 지금의 두 배 정도의 가격이 타당할 테죠."

"두 배의 가격……? 하지만 네 배라고 했잖아요?"

"네. 가격은 네 배로 하고, 그 대신에 덤을 주는 겁니다."

"덤?"

"악수권입니다."

"악수권?"

"과자에 딸려 오는 악수권을 쓰면 나중에 손님과 악수를 해주는 겁니다. 다만 악수하는 건 계산할 때뿐. 그리고 새로 구매하는 과자에도 악수권을 덤으로 줍니다. 영구기관입니다."

"악덕 장사네요……."

"처음에는 그렇게 재구매를 늘리고, 단골손님을 확보하면 점포 확대에 나서죠. 귀여운 여자아이를 가능한 한 많이 고용해서 계산대에 세워두면 새로운 고객이 더 늘 겁니다."

"그렇게 잘 풀릴까요……?"

"모든 건 일단 실행해보는 게 어떤가요? 적어도 악수권에는 이 가게에서 지금 팔고 있는 과자들의 가격과 동등한 정도의 가치가 있다고 봅니다."

"동등한 가치라……. 그런데 그 계산이라면 세 배로 하는 게 타당하다고 생각하는데, 어째서 네 배인 거죠?"

"그야 새로 정한 가격의 4분의 1이 제가 가져갈 몫이기 때문이죠."
"악덕 장사네요……."

참으로 떨떠름한 느낌으로, 그렇게 과자 가게는 새로운 사업에 나섰습니다.
그래서, 결과는 어땠는가 하면.
"엄청나게 번창하고 있어."
"식은 죽 먹기죠."
손님으로 가득한 가게 안. 거기에는 다소 지저분한 방법으로 돈벌이를 하고 있는 여성이 둘 있었다고 합니다.

【출처 정보】 9권 애니메이트 구입 특전
【저자 코멘트】
이 이야기에 관한 코멘트는 다음 이야기에 끼워 넣기로 하고, 다른 이야기입니다만 여러분은 어떤 과자를 좋아하시나요? 과자라고 불러도 괜찮은 걸까 수수께끼입니다만, 저는 최근 세븐일레븐에서 파는 한국 김을 틈만 나면 먹고 있습니다. 칼로리가 낮아서 추천합니다. 배가 차질 않아서 허무하지만.

프랑 선생님과의 여행 중에 저는 우연히도 이전 방문했던 적이 있는 나라에 다다랐습니다.

"일레이나. 이 나라에 온 적이 있죠? 괜찮다면 안내해주겠어요?"

선생님은 그러한 말을 하면서 제 옆을 걸었습니다. 저도 이 나라를 그리 잘 아는 것은 아니지만, 선생님보다 아는 것은 사실이니 흔쾌히 승낙했습니다.

"이 나라는—— 음, 뭐라고 할까, 보시는 바와 같이 평범한 나라입니다. 큰길이 있고, 행인이 있고, 맛있는 가게도 잔뜩 있는. 평범한 나라입니다."

"흐으음, 그런가요. 그런데 이 나라는 과자 가게가 유명하다고 들었는데요."

"……어디서 그런 얘기를 들으셨나요?"

"네? 그게, 혼자서 여행할 때 상인분이 이야기해줬는데요—— 분명, 맛은 그럭저럭 괜찮은 정도지만 덤이 몹시 좋다던가…… 이상한 말을 했었죠……. 일레이나는 가본 적이 있나요?"

"없습니다."

"정말로요?"

"없습니다."

거짓말입니다.

있습니다. 엄청나게 있습니다. 그러나 제 스승님인 프랑 선생님에게 들켜서는 안 될 짓을 저질러버렸기 때문에 모르쇠로 일관했습니다.

"…………."

그나저나 선생님이 그 과자 가게의 존재를 알고 있다고 한다면, 귀찮아지겠군요…….

"선생님, 이쪽으로."

저는 선생님을 유도하며 걸었습니다. 다행히 과자 가게는 큰길에서 조금 떨어진 곳에 있으니, 큰길을 따라 계속 걸으면 그 과자 가게와는 해후하지 않고 넘어갈 수 있을 테죠.

"…………."

하지만.

제가 이 나라를 떠나고 조금 지났을 때── 제가 이 나라에서 크게 한몫 벌고 떠난 뒤에, 아무래도 그 과자 가게는 제 상상 이상으로 성장을 해버리고 만 모양이었습니다.

사람들로 북적이는 마을의 큰길.

그 한쪽에, 눈에 익은 간판이 내걸린 가게가 세워져 있었습니다. 이전에 방문했을 때는 존재하지도 않았던 가게가 그곳에 있었습니다.

"아아……."

이전과는 비교도 안 될 정도로 거대한 건물이 되어, 마을 큰길에 자리하고 있던 것은 그 과자 가게. 가게 입구에는 사람들이 장사진을 이루고 있었습니다.

"어머나 호랑이도 제 말 하면 온다더니……. 이런 데 있었군요."

호오 하고 간판을 올려다보는 프랑 선생님.

예의 가게는 제가 모르는 사이에 아무래도 이전을 하셨나 봅니다…….

"어라……? 누군가 했더니 일레이나 님이었군요."

그리고 나쁜 일은 잇따라 찾아오는 법이라, 가게 간판을 올려다보며 멍하니 서 있던 제 등 뒤에서 한 여성이 말을 걸어왔습니다.

"…………."

저는 뒤로 돌아 그 얼굴을 보았습니다.

"당신은……."

거기에 있던 것은 이해할 수 없는 깃털 코트에 의미 불명일 정도로 터무니없이 커다란 목걸이를 목에 걸고, 손가락에는 모조리 반지를 낀, 척 보기에도 돈이 남아도는 젊은 여성이었습니다.

"……누구십니까?"

이런 지인은 없습니다만? 하고 고개를 갸웃거리는 저. 그러자 그녀는 훗 하고 웃더니.

"가게 주인이에요."

같은 말을 내뱉었습니다.

"…………."

……캐릭터가 지나치게 달라진 거 아닙니까?

○

"그것참, 일레이나 님. 오랜만이에요. 그때 도와주신 이후로 처음이네요. 후후후."

온화한 미소를 띠고서 사장님은 가게 안쪽 VIP룸으로 저희를 안내해주었습니다. 특별 대우는 기쁘지만, 지금 심정으로는 특별 대우는 어찌 되든 좋으니 어서 돌아가고 싶을 뿐입니다.

그러나 돌아갈 수 없습니다.

"어머나, 멋져라!"

제 스승님인 프랑 선생님이 몹시 신이 난 탓에 돌아갈 수 없습니다.

"일레이나, 보세요. 천장에 샹들리에가 있어요. 비싸 보여요……."

"그러네요."

"어머! 일레이나, 저것 보세요. 방 곳곳에 이상한 추상화가 걸려 있어요. 의미는 잘 모르겠지만 비싸 보여요."

"그러네요."

"그런데, 일레이나 이분과는 어떤 관계인가요?"

"……전에 함께 일을 좀 해서요."

"흐음, 일이라. 어떤 일인가요?"

"…………."

저는 쉽게 답하지 못했습니다. 분위기를 읽지 못한 사장님은 "아아" 하고 생각났다는 듯이 손뼉을 치더니.

"실은 예전에 일레이나 님이 제 가게에 온 적이 있어요. 매상이 늘지 않아 고민이던 제 가게를 구해주셨답니다."

그렇게 말했습니다.

"어머나 그런 일이…… 하지만 어떻게 이 정도로 가게를 키웠나요?"

"악수권을――――."

이런.

"그나저나 선생님 배 안 고프세요? 고프시죠? 그렇죠? 사장님 케이크 있나요? 케이크 저 케이크를 먹고 싶은데요."

"네? 아, 케이크요. 네, 물론 있죠."

우후후 하고 점장님이 웃어 보이더니 그대로 손뼉을 두 번 쳤습니다.

직후에 방문이 열리고, 검은 옷의 남자들이 케이크를 가지고 들어왔습니다.

"…………."

금가루투성이인, 아무리 보아도 먹기 곤란한 케이크였습니다. 졸부 느낌…….

"어머나!"

하지만 선생님이 기뻐했으니 넘어가기로 하죠.

오히려 케이크에 푹 빠져서 저에 관한 의문을 깔끔하게 완전히 잊어버려 준다면 좋겠습니다만.

"그런데 어떻게 이 케이크를 팔리게 만들었나요? 일레이나."

"…………."

끈질겨…….

"그건 기업 비밀입니다."

"그런가요?"

흐음흐음 하고 고개를 끄덕이면서 우물우물 케이크를 먹는 프랑 선생님.

"그런데, 사장님. 악수권이란 게 뭔가요?"

"우리 가게 상품을 구입하면 함께 따라오는 거죠. 이 가게에서 일하는 귀여운 여자아이와 악수할 수 있는 권리를 주는 거예요."

"사장님."

무슨 소리를 하는 거야?

"일레이나 님이 아이디어를 내준 덕분에 우리 가게는 이 나라 제일의 인기 가게가 되었죠. 그때 일은 정말 뭐라 감사를 드리면 좋을지……."

"사장님."

감사 인사는 됐으니 잠시 조용히 해주시겠습니까?

"참고로 현재 우리 가게 케이크는 엄청나게 비싼 가격으로 설정되어 있는데, 이것도 일레이나 님의 아이디어죠. 정말이지, 일레이나 님의 아이디어는 참으로 멋져요. 대체 어떤 스승님 아래서 배우면 이렇게 훌륭한 인간이 될 수 있는 건지……."

"어머나……."

훌륭한 스승님인 프랑 선생님은 케이크를 우물우물 먹으면서도 생글생글 미소를 지을 뿐이었습니다.

"일레이나…… 상당히 좋은 일을 했군요……?"

계속해서 생글생글 미소를 지으면서도 가늘게 뜬 눈동자에는 표현할 길 없는 위압감이 있었습니다.

"……기억이…… 안 납니다……."

시선을 피하는 저.

“겸손하시긴! 일레이나 님의 수완은 정말로 훌륭하다고밖에는 말할 수 없어요!”

사장님은 웃고 계셨습니다.

“마치 평소부터 그런 일을 해서 돈을 벌고 있는 것만 같았어요.”

“그런가요…… 흐음.”

빠안, 옆에서 차가운 시선이 쏟아졌습니다.

“아니…… 정말로 기억에 없습니다…….”

“하하하! 그렇다면 혹시 번 금액에 관한 것도 잊어버리셨나요? 정말이지 터무니없을 만큼 큰돈을 갖고 돌아가셨는데 기억하지 못하시다니……! 역시 일레이나 님이네요!”

“큰돈을…… 흐음.”

선생님의 손가락이 저를 잡았습니다.

“……그것참 돈 같은 걸…… 벌었던가요……?”

도망갈 곳을 잃고 눈동자에서 빛을 잃은 저.

“하하하! 일레이나 님은 정말로 겸손한 분이군요! 하지만 저희 가게에 해주신 일들은 제가 전부 잘 기억하고 있어요. 자, 드세요. 오늘은 마음껏 저희 가게의 디저트 즐겨주세요.”

그리고 사장님이 또 손뼉을 두 번 치자, 다시 검은 옷의 남자들이 이 가게의 온갖 디저트를 가져왔습니다.

위가 더부룩해질 정도의 광경이었습니다.

“어머나, 잘됐네요. 일레이나. 좋은 일을 한 만큼 좋은 일이 돌아와서.”

우후후 하고 프랑 선생님은 여전히 미소를 지은 채로, 저를 절대 놓아주지 않았습니다.

"…………."

그리고.

침묵하는 제게 선생님은 슬쩍 고개를 가까이 가져오더니 귓가에서 속삭였습니다.

"하지만 나쁜 일을 한 만큼 나쁜 일도 돌아온다는 사실 역시, 일레이나는 배워야겠어요."

【출처 정보】 애니메이트 기간 페어 구입 특전

【저자 코멘트】

이 이야기는 원래 본편에 들어갈 예정의 이야기였는데, 초고를 썼을 당시엔 조금 더 짧고 마무리도 그저 그랬기 때문에 탈락된 이야기입니다. 애니메이트 쪽에서 쇼트 스토리 의뢰가 온 직후에 "마무리가 미묘하다면, 다시 써주겠어!" 하고 기를 쓰고 썼습니다. 그리고 애니메이트 측이 이 특전을 2부 구성이 되도록 써달라고 의뢰해 왔기 때문에, 솔직히 마침 잘됐다 싶기도 했지만 말이죠.

저와 선생님의 여행은 변함없이 계속되고 있습니다.

"일레이나, 알고 있나요? 사실 나는 최근에 요리를 할 수 있게 되었어요."

여행 중에 선생님이 갑자기 이해하기 어려운 언동을 보인 것은 어느 나라의 숙소에 묵은 날 밤의 일이었습니다.

선생님이 요리를, 할 수 있게 되었다.

저는 머릿속으로 그 말을 곱씹은 다음에.

"……무슨 말을 하시는 겁니까?"

라고 대꾸했습니다.

"나도 아무리 그래도 이 나이가 돼서 요리 하나도 못 한다는 건 아무래도 좋지 않다고 생각해서 말이죠, 이제 그만 제대로 살기 위한 기술을 익히자 싶어졌어요. 그래서 요리를 해보기로 했죠."

드물게도 주방에 들어가나 했더니만 그런 거였습니다.

"즉, 오늘은 선생님이 직접 만든 요리를 먹어야 한다는?"

"아무래도 그렇죠?"

"……………………………………………………………………………………그렇, 습니까."

"어째서 세상이 끝난 듯한 얼굴을 하고 있는 건가요?"

"수업을 받던 시절의 괴로운 추억이 되살아나서요……."

저는 먼눈을 했습니다. 과거 수업을 받던 시절, 매일 조금씩 마법을 배워가던 저는 선생님이 만든 음식을 무심코 입에 넣고 말았고, 며칠이나 정신을 잃는 꼴이 되었던 적이 있었던 것입니다. 그런고로 선생님이 만든 요리라는 것에는 경계심밖에 없었고, 게다가 당시의 저는 두 번 다시 선생님에게 요리를 시키지 않겠다고 다짐하며 설거지만 하도록 모든 수를 다 썼습니다. 그러니, 선생님의 입에서 요리라고 하는 단어가 뱉어진 시점에서 이미 이 세상의 끝이라는 생각밖에 들지 않았던 것입니다.

"선생님, 너무 무리하지 않는 편이……."

"일레이나, 걱정할 것 없어요. 저, 이래 봬도 어른인걸요. 아무리 그래도 자신의 요리 실력 정도는 파악하고 있답니다. 제대로 간단한 것부터 시작할 셈이니까 걱정할 필요 없어요."

"네? 시작한다고요? 그게…… 무슨 뜻인가요? 오늘이 첫 도전이라는 겁니까?"

"아무래도 그렇죠?"

우후후 하고 웃는 선생님.

"선생님, 그만두세요. 사망자가 나올 겁니다."

"어머나! 무슨 그런 말을."

그렇게 과장되게 놀란 선생님은 주방에서 식칼을 손에 들고,

"일레이나, 지켜보세요. 성장한 내 모습을 보여주죠."

그렇게 선생님은 요리를 시작하고 말았던 것입니다.

그리고 몇 분 후.

"…………."

저는 선생님이 만든 요리를 내려다보았습니다.

"선생님, 이건."

"샌드위치예요."

하지만 그것은 가게에서 저희 둘이 산 샌드위치였습니다. 선생님이 말한 요리라는 행위가 무엇이었는가 하면, 그저 샌드위치를 자를 뿐.

"요리라기보다 식칼로 잘랐을 뿐이지 않습니까?"

"갑자기 솜씨가 좋아질 리 없잖아요. 매일 조금씩 실력을 키우기 위해서는 간단한 것부터 시작해야 해요."

수업을 받던 시절의 당신처럼 말이죠. 선생님은 그렇게 말하며 다시 웃었습니다.

【출처 정보】 9권 토라노아나 구입 특전

【저자 코멘트】

저도 한때 요리의 달인이 되겠다면 이것저것 해본 적이 있습니다. 그나저나 다른 이야기입니다만, RPG 같은 데서 자주 레벨이나 코스트에 따라 장비하지 못하는 무기 같은 게 나오지 않습니까? 저에게 있어 다양한 조리도구는 대체로 그런 느낌의 물건이었습니다. 과금해서 좋은 장비를 사도 레벨이 너무 낮아서 장비하지 못했죠. 나무아미타불.

"일레이나. 게임을 하죠."

여행 도중, 숙소에서 쉬고 있을 때 선생님은 갑자기 제게 그러한 제안을 해 왔습니다. 저는 미소 띤 얼굴로 선생님에게 답했습니다.

"싫습니다."

"규칙은 간단. 테이블에 종이를 놓아둡니다. 종이에는 일레이나가 앞으로 하려는 일이 예측되어 적혀 있습니다. 3분 이내에 그대로 행동하면 일레이나의 패배. 어떤가요? 해보지 않을래요?"

"싫다고 했습니다만?"

"어머나 이렇게 일레이나에게 유리한 게임인데도요? 안 하는 건가요? 당신은 그저 종이에 적힌 대로 행동하지 않도록 주의하면, 그러기만 하면 승리인데요?"

"참고로 이기면 뭘 받을 수 있나요?"

"저한테 칭찬을 받죠."

"지면요?"

"일레이나가 나한테 저녁밥을 사야 하게 되죠."

"……그거 제가 압도적으로 불리한 게임이 아닙니까?"

"압도적으로 당신이 유리한 게임이니까, 페널티가 무거운 것도 당연하지 않은가요?"

"…………."

그런 말씀을 하신들.

“칭찬을 받는 것만으로는 의욕이 안 생깁니다.”

“어머나, 제멋대로네요.”

무슨 말씀을 하시는 겁니까. 저는 한숨을 내쉬었습니다.

“그 조건으로는 받아들이지 않겠다는 것뿐입니다. 더 좋은 조건을 제시한다면, 심심풀이 삼아서 협력할 수도 있습니다.”

“더 좋은 조건은 뭔가요?”

“뻔하지 않은가요?”

저는 조금 못된 표정을 지었습니다.

“선생님이 고급 디너를 사주세요.”

“어머나, 제멋대로네요.”

무슨 말씀을 하시는 겁니까.

“승부의 세계는 공평해야 한다고 생각하지 않으시나요?”

“…………”

선생님은 잠시 침묵한 다음, 이어서 문득 웃더니, “뭐…… 그러네요. 공평한 조건으로 승부해야죠. 좋아요. 내가 지면 밥을 사죠”라고 말해주었습니다.

그래야죠.

저는 그제야 겨우 의욕이 생겼고, 테이블에 놓여 있던 종이로 손을 뻗었습니다.

그리고 펼쳤습니다.

단 한 마디만이 적혀 있었습니다.

『당신은 게임에 참가했다.』

…………….

"선생님. 이건 치사하지 않은가요?"

제가 노려보자 선생님은 웃었습니다.

"치사하다니 말도 안 돼요. 승부의 세계는 공평하게, 맞죠?"

【출처 정보】 10권 토라노아나 구입 특전

【저자 코멘트】

어쩐지 프랑 선생님이 평소보다 더 신나 보입니다만, 10권에서의 프랑 선생님은 대체로 신나 있습니다. 그런 사양입니다.

그건 제쳐두고, 『마녀의 여행』 애니메이션 속 프랑 선생님의 연기가 대단했죠. 드라마 CD에서 일레이나와 여행하다 재회해서 만담 같은 대화를 하는 프랑 선생님에 익숙해져 있었는데, 미스터리어스한 분위기를 풍기는 프랑 선생님이라는 것이 매우 신선했습니다. 역시 하나자와 카나 씨는 대단해…….

"마녀다운 마녀란 뭐라고 생각하나요?"

사야 씨가 갑자기 제게 그렇게 물으며 고개를 갸웃거린 것은 마법사의 나라에서 제가 한창 그녀에게 마법을 가르치던 때의 일로, 요컨대 좀처럼 실력이 늘지 않아 고민하던 그녀에게 제가 이러니저러니하고 지팡이를 쥐고서 설명을 늘어놓던 도중에, 그녀는 그렇게 이야기를 끊었습니다.

그래서 저도.

"갑자기 뭔가요?"

하고 고개를 갸웃거리기에 이르렀습니다. 민가의 지붕 위, 이 나라에서는 흔하디흔한 풍경 속에서 갑자기 묘한 말을 시작한 그녀를 저는 매우 이상하게 여겼습니다.

그녀는 이렇게도 말했습니다.

"나는 마녀 견습생이 돼서, 장래에는 마녀도 되려고 하는데――, 그저 마녀라고 해도 다양하게 있잖아요? 나라를 위해 목숨을 바치는 마녀라든가, 자신의 욕망에 충실하게 사는 마녀라든가, 혹은 여행하며 마음 내키는 대로 사는 일레이나 씨 같은 사람이라든가."

"……그렇죠."

분명 마녀라고 해도 간단히 하나로 묶을 수 있을 만큼 단순하지 않습니다. 다양한 인간이 마녀로서 지금을 살고 있습니다.

"마법을 배우던 중에 갑자기 떠오른 건데, 나는 꽤 막연한 이유로 마녀가 되려 하고 있구나, 싶었어요."

"딱히 그래도 상관없지 않은가요?"

"일레이나 씨는 어째서 마녀가 되려고 했나요?"

"……음."

이쯤에서 한동안 마법 특훈 중에 쉬는 시간을 끼워 넣지 않았다는 것을 떠올렸습니다. 저는 사야 씨의 옆에 앉으며 "잠깐 쉴까요?"라고 말하고서, 옆에 앉으라는 의미를 담아 지붕의 기와를 찰싹찰싹 쳤습니다.

제가 재촉하는 대로, 다소 긴장한 기색으로 그녀가 옆에 앉았을 때, 저는 푸른 하늘을 올려다보며 떠듬떠듬 옛이야기를 시작했습니다.

"예전에 읽은 책 중에 『니케의 모험담』이라는 게 있었습니다. 그건 한 마녀가 온 세상을 돌아다닐 뿐인 단편 소설집이었는데, 당시 어렸던 저는 책 속에 펼쳐진 세계에 몹시도 마음이 끌렸죠. 이런 세계를 여행할 수 있다면 얼마나 행복할까—— 이런 세계를 눈으로 보고, 만질 수 있다면 얼마나 즐거울까 생각하면서, 동경하면서, 책에 빠져들었답니다."

"……흐음흐음."

긴 이야기가 될 듯한 기척을 느낀 사야 씨는 신묘한 표정으로 고개를 끄덕이기 시작했습니다.

"그래서, 그걸 읽었더니 여행을 하고 싶어져서 여행자를 목표로 했죠. 여행자가 될 거라면 마녀가 되라는 말을 들어서 마녀가 되었습니다."

"……흐음흐음."

"이상입니다."

"……네? 끝인가요?"

"끝입니다."

"어라……?"

일부러 자리에 앉기까지 했는데도 간단히 끝나버린 추억 이야기에 답답함을 느꼈는지, 그녀는 조심스러우면서도 의아하다는 듯이.

"뭐랄까, 그…… 마녀가 목숨을 구해줬다든가, 그런 에피소드는……?"

"없는데요."

"그럼 마녀가 돼서 남자들을 마음대로 구슬려서 돈을 벌어대고 싶다든가, 그런 바람은……?"

"없습니다."

후반부에 관해서는 부정할 수 없지만요.

"…………."

잠시 후 사야 씨는 "그럼 일레이나 씨가 마녀가 된 이유는, 요컨대, 책을 읽었기 때문, 그뿐인가요?" 하고 고개를 갸웃거렸습니다.

"그뿐입니다."

"얄팍하지 않은가요……?"

"실례로군요."

애초에.

“마녀가 되기 위한 이유 같은 건 필요 없습니다. 훌륭한 목표의식을 가진 여자아이만 마녀가 될 수 있는 것도 아니고, 성실한 인간만이 마녀가 될 수 있는 것도 아닙니다. 어째서 이런 인간이 마녀를 하고 있는 걸까 의문이 들 만큼 빌어먹을 녀석이 마녀가 되는 일도 있고, 능력은 있지만 인격에 커다란 문제를 갖고 있는 빌어먹을 녀석이 마녀를 하고 있는 일도 있습니다. 그저 내키는 대로 그냥 마녀가 된 인간도 있습니다.”

“………….”

“요컨대 마녀로서 브로치를 단 인간이 전부 멋지고 훌륭한 목적을 가진 성실한 인간인 것은 아니고, 적당히 망할 녀석도 섞여 있습니다. 훌륭한 인간만 있는 게 아닙니다. 하지만 세상이란 원래 그런 법이에요.”

마녀가 되기 위해 쓸데없이 어깨에 힘을 줄 필요 같은 건 없고, 마음 편하게 해나가면 되는 겁니다.

저는 말했습니다.

“요컨대 당신의 마법이 늘지 않는다고 해도 그건 딱히 목적의식이 낮기 때문이라든가, 그런 이유가 아니다. 라는 겁니다.”

제 옆에서 사야 씨가 눈을 크게 뜨는 기척이 느껴졌습니다.

저는 말을 이었습니다.

“아마도, 자신에게는 명확한 목적 같은 게 없으니 마녀가 되는 건 어울리지 않는다는 생각 같은 걸 하고 있을 테지만── 별로 신경 쓸 것 없어요. 일부러 멋지고 훌륭한 목적 같은 걸 갖지 않아도, 마녀는 될 수 있어요.”

“………….”

잠시의 침묵을 둔 다음에 사야 씨는 고개를 살짝 숙이고 “……될 수 있을까요”라고만 대꾸했습니다.

고개를 끄덕였습니다.

“이대로 성실하게 특훈에 힘쓰면, 아마도요.”

아니, 그보다, 그 이전에.

“사야 씨는 마녀가 되기 전에 먼저 마녀 견습생이 되어야 하지만요.”

“……될 수 있을까요?”

“………….”

“엑? 잠깐요. 어째서 그 부분에서 입을 다무는 건가요?”

“뭐, 솔직하게 말해서 마녀가 되는 것보다 마녀 견습생이 되는 쪽이 의외로 어렵거든요.”

마녀 견습생이 되려면 시험을 통과해야 하지만, 이어서 마녀가 되기 위해서는 스승을 찾고, 그러고서 수업을 받고, 인정을 받으면 마녀가 될 수 있습니다.

요컨대 마녀의 칭호를 얻는 것은 좋게든 나쁘게든 스승님이 재량이 크게 작용합니다.

“마녀가 되는 건 간단한가요?”

“그럴 마음만 먹으면 하루 만에 마녀가 되는 것도 가능할 정도로 간단하죠.”

“정말인가요?”

오호라, 하고 고개를 끄덕이는 사야 씨.

"주변의 마녀를 붙잡아 약이라도 써서 세뇌해버리면 하루 만에 마녀 칭호를 가질 수 있어요."

"범죄잖아요?!"

"마녀로서 브로치를 단 인간은 멋지고 훌륭한 목적을 가진 성실한 인간만 있는 건 아니에요……."

"여기서 그 대사를 들으니 불안한 느낌밖에 안 드는데요……."

"세상이란 원래 그런 법입니다."

"……그런데 일레이나 씨의 스승님은 어떤 사람이었나요?"

눈을 가늘게 뜨고 빤히 바라보는 사야 씨. 수상쩍어하고 있습니다. 제가 범죄 같은 방법으로 마녀가 된 것은 아닌지 의심하고 있습니다.

아뇨 아뇨. 안타깝게도 저는 정당한 방법으로 스승님 아래서 마녀의 칭호를 손에 넣었습니다만.

"종잡을 수 없는 사람이었죠."

"호오."

"아침에 약하고, 식사는 언제나 제 담당이고, 마법 특훈을 해주려나 했는데 갑자기 나비를 쫓아다니고, 밤이면 밤대로 자신의 연구에 몰두해 있고, 1년간 함께 지냈지만, 제대로 마법을 가르쳐준 건 아주 짧은 시간밖에 없었어요."

"일레이나 씨. 그건 종잡을 수 없는 사람이 아니라 그냥 빌어먹을 자식이에요."

"하지만, 그녀한테는 마법이 아니라, 더 중요한 걸 배웠습니다."

"……뭔가요?"

"인간은 타락하면 어디까지고 타락할 수 있다는 거죠……."

"역시 빌어먹을 자식이잖아요……."

"하지만 좋은 사람이었어요. 수업을 받던 시절에는 진절머리가 났던 적도 있지만, 돌이켜보면 그것도 전부 저를 위한 일이었다고 생각하게 되었습니다."

"…………."

사야 씨는 잠시 침묵하고서,

"그런데, 그 마녀님은 어째서 일레이나 씨에게 브로치를 주게 된 건가요?"

그렇게 말하며 미간을 좁히고, 고개를 갸웃거렸습니다.

저는 답했습니다.

"이래저래 1년이 지났더니 줬습니다."

"대강대강이로군요."

"그런 스승님이었으니까요."

뭐, 자세한 경위에 관해서는 또 다른 기회에 이야기하도록 하죠.

●

제가 마법사의 나라에서의 일을 떠올린 것은, 스승님에게 마법을 배운 지 약 한 달 정도가 되었을 때였습니다.

내 스승님인 실라 선생님은, 그것은 정말이지 뭐랄까 몹시도 종잡을 수 없는 사람이라, 일레이나 씨의 스승님과 비슷하게 매일 게으르게 보내고 종일 매우 한가하게 보낼 뿐인 한심한 인간처럼도 보였습니다.

예를 들면 내가 "스승님! 내 마법을 봐주세요!"라며 의기양양하게 마법을 날려도.

"엉? ……괜찮은데?"

그렇게 대충 반응할 뿐. 예를 들면 내가 "스승님. 저기요, 스승님. 마법 가르쳐주세요"라며 어린아이처럼 떼를 써 보아도, 선생님은.

"아, 미안. 지금 좀 바쁘거든."

그렇게 담배 연기를 후우 하고 내 얼굴에 뿜는 것이었습니다. 냄새나! 젠장!

대체로 이런 느낌으로 너무한 스승님에 의한 너무한 취급을 받아오다 보면, 내 마음이 그야말로 담배 때문에 까매진 폐처럼 탁해지는 것도 어쩔 수 없는 일이 아닐까요? 동시에 "에이, 싫어. 무리"라며 담배 연기와 마찬가지로 스승님에게 싫은 마음이 드는 것도 당연.

나는 초조해졌습니다.

"큰일이야…… 이대로는 나 줄곧 마녀 견습생인 채일 거예요……."

절망했습니다. 아무튼 지금 이대로라면 스승님은 저를 제대로 상대해주지 않을 겁니다. 내 어디가 문제인 걸까요?

아아, 이럴 때 일레이나 씨가 있었다면……. 싫은 얼굴을 하면서도 분명 일레이나 씨라면 어떤 조언을 해주었을 거라고 나는 생각했습니다.

일레이나 씨, 도와줘요!

그보다 일레이나 씨는 "마녀 견습생이 되는 것보다 마녀가 되는 쪽이 쉬워요"라느니 하는 말을 했던 것 같은데, 이거 전혀 그렇지 않잖아요.

나는 머리를 끌어안았습니다.

그러던 그때.

『아뇨 아뇨 그렇지 않습니다. 마녀가 되는 건 간단해요.』

내 머릿속에서 목소리가 울렸습니다.

"이 목소리는……! 일레이나 씨!"

나는 곧바로 고개를 들고 주변을 둘러보았습니다. 그러나 거기에 그녀의 모습은 없었고, 사람 모습이라고는 "……왜 그래?"라며 의아한 얼굴을 한 스승님뿐이었습니다.

『사야 씨…… 사야 씨…… 저는 지금, 당신 머릿속에 말을 걸고 있습니다…….』

아아, 머릿속에서 일레이나 씨의 목소리가…….

머리가 터질 듯한 것을 억누르면서, 나는 "일레이나 씨……! 어디선가 나를 보고 있는 건가요……?" 하고 작은 목소리로 말했습니다. 스승님에게 이상한 아이라고 여겨지고 싶지 않다고 하는 자제심이 발동되었던 것입니다.

그러나 나의 억누른 목소리조차, 일레이나 씨에게는 닿았던 모양입니다.

『사야 씨. 유감스럽게도 진짜 저는 지금 여행 중입니다. 당신 가까이에는 아마도 없을 거예요.』

"아마도 없다는 건……?"

『그녀가 지금 어디서 무얼 하고 있는지는 저도 모릅니다.』

내 머릿속에 울리는 목소리는 담박하게 말했습니다.

『그게, 이건 당신이 머릿속으로 만들어낸 일레이나니까요.』

"……무슨 뜻인가요?"

『즉, 저는 당신의 망상입니다. 저는 저이면서 제가 아닙니다.』

뭔가 철학적인 표현입니다만, 그 말은 즉.

"……내 머릿속에 말을 걸고 있는 건 내 망상이 만들어낸 상상의 일레이나 씨라는 건가요……?"

『단순명료하게 말하자면 그런 셈이 됩니다.』

"정말입니까?"

『네.』

"나 꽤 위험한 녀석인 거 아닙니까?"

『그건 저도 동감입니다.』

앗. 방금 그 드라이한 느낌. 일레이나 씨 같네요…….

"그래서, 상상 일레이나 씨가 내게 무슨 용건인가요……?"

『사야 씨. 당신의 고민을 제가 해결해드리죠── 잘 떠올려보세요. 마법사의 나라에서 저와 나누었던 대화를── 휴식 겸 나누었던 대화를, 떠올리는 겁니다……. 거기에 힌트가 숨겨져 있어요…….』

일레이나 씨와의 대화를……?

나는 머리를 끌어안고 "으으으으……" 하고 신음했습니다. 그때의 대화는, 분명──.

“사야 씨…… 저, 당신을…… 그, 여자아이끼리 이런 말을 하는 건 이상한 이야기지만…… 저, 당신을…… 좋아해요.”

“기뻐요……! 나도 일레이나 씨를, 줄곧――.”

『기억을 날조하지 말아주시겠습니까?』

“아니 하지만 이런 대화가 한 번쯤은 있었던 것 같은 기분이 드는데요.”

『당신 망상과 현실의 구별이 안 되는 겁니까……?』

뭐, 구별이 되었다면 상상 일레이나 씨가 갑자기 아무런 전조도 없이 등장하는 일도 없었겠지요.

내 머릿속 일레이나 씨는 기가 막힌다는 듯이 한숨을 내쉬었습니다.

『제가 말하고 싶은 건 그런 게 아닙니다. 지붕 위에서, 제 스승님에 관해 물어본 적이 있었죠? 그때의 일을 떠올려주세요.』

그때의 일을……?

나는 다시 머리를 끌어안았습니다. 그때는 분명……

“사야 씨. 마녀 견습생에서 마녀가 되는 건 완전 식은 죽 먹기예요. 스승인 마녀에게 사랑에 빠지는 약이라도 만들어서 이쪽한테 반하게 만들어버리면 돼요……. 그러면 만사 해결이죠. 우후후…….”

과연! 그런 거였군요!

“고마워요, 일레이나 씨! 잠시 사랑에 빠지는 약을 만들어 올게요!”

『엑? 아니 그런 게 아닌데요…….』

머릿속에서 기막혀하는 일레이나 씨를 무시한 채, 나는 세뇌할 수 있는 약을 만들기 위해 그 자리에서 뛰쳐나갔습니다.

그리고 며칠 후.

“실라 선생님! 언제나 감사드려요! 이거, 제 마음입니다…… 받아주시겠어요……?”

눈을 홉뜨고 노골적일 정도로 아양을 떤 나는 스승님에게 수제 쿠키(초강력 사랑에 빠지는 약 첨가)를 건넸습니다.

이걸 먹고 나면 스승님은 내 노예처럼 순종할 터……!

“……흐음?”

스승님은 내게서 쿠키를 받아 들더니, “미안하지만 나는 쿠키가 별로야”라며 딱 잘라 말하고는.

“너한테 줄게”라며 내 입에 억지로 쿠키를 밀어 넣었습니다.

“우읍……!”

유감스럽게도 나라는 인간은 평소 비교적 무방비한 탓에, 스승님이 밀어 넣은 쿠키는 그대로 내 목을 타고 넘어가 몸속으로 들어가고 말았습니다.

초강력 사랑에 빠지는 약 첨가 쿠키가 내 몸에, 들어가 버렸던 것입니다.

아마도 스승님은 내가 하려고 했던 짓을 간파하고 있었던 것일 테지요. 다 알고 있었던 것일 테지요.

"으그그그…… 우으, 나한테는 일레이나 씨라는 사람이……."

그 자리에서 번민하며 괴로워하는 나.

그런 나를 차가운 눈으로 내려다보며 선생님은 "역시 약을 탄 건가……" 하고 어이없어하면서 담배 연기를 뿜어냈습니다.

"나를 마음대로 조종하고 싶다면, 좀 더 마법 실력을 키우도록 해."

싱긋 웃은 선생님은 나를 일으키고.

"너, 일단 내 어깨를 주물러."

시간이 허락하는 한, 약의 효과가 계속되는 한, 나를 마치 노예처럼 부려먹었습니다.

"그리고 요리를 해줘" "연초 사 와" "빵 사 와" "불 붙여, 불" 같은 식으로.

슬프게도 내가 만들어낸 사랑에 빠지는 약은 완성도가 완벽했는지, 그러한 스승님의 대우에도 "에헤헤…… 물론이죠. 스승님 정말 좋아해요" 같은 달콤한 목소리를 내며 따르고 말았습니다.

심지어 나를 수족 부리듯이 계속 부려먹은 스승님에게 "에헤헤…… 스승님은 어째서 이렇게 좋은 사람인가요오……?" 같은 말을 했을 정도였습니다. 그때, 문득 생각했습니다. 일레이나 씨가 자신의 스승님을 좋은 사람이라고 말했었는데, 그건 설마…….

그 후, 일레이나 씨와 만날 기회가 있었고 나는 슬쩍 귓속말을 한마디 했습니다.

©Azure

그러니까.

"일레이나 씨의 스승님이 일레이나 씨에게 사랑에 빠지는 약을 먹였나요? 괜찮은가요? 아직 효과가 계속되고 있나요?"

"네? 실례지만 무슨 말을 하는 겁니까?"

【출처 정보】 애니메이트 기간 페어 구입 특전

【저자 코멘트】

쇼트 스토리 모음을 정리하다 깨달았습니다만, 볼륨이 상당한 쇼트 스토리가 많네요. 쇼트 스토리 모음집 내줘! 하고 조른 결과 이러한 쇼트 스토리 모음을 낼 기회를 얻었으니, 뭐든 말하고 볼 일입니다. 이렇게나 많은 쇼트 스토리를 기간 한정인 채로 사라지게 하는 건 정말 참을 수 없습니다.

기회가 있다면 드라마 CD 모음집 같은 것도 내줬으면 좋겠다!!!

여행 도중 오랜만에 만난 사야 씨가 묘한 말을 했습니다.

"우으…… 일레이나 씨가 무서워…… 일레이나 씨가 무서워……."

그녀의 입에서 몇 번이고 새어 나온 이 "일레이나 씨"란 대체 누구일까요?

말할 것도 없습니다.

그렇습니다. 저입니다.

그러나 대체 무슨 연유로 그녀가 저를 무서워해야만 하는 것일까요? 저는 그녀를 위협할 만한 짓을 한 기억이 거의 없습니다. 대체 어째서?

"사야 씨, 어떻게 된 겁니까?"

"꺄아! 일레이나 씨, 하지 마세요! 절 만지지 마세요!"

목소리를 높이는 그녀. 싫어 싫어 하고 고개를 저으면서 제게서 떨어지는 사야 씨는 무서워하고 있다기보다도 오히려 기뻐하고 있는 것처럼도 보였습니다. 힐끔힐끔 이쪽 상태를 살피면서 떠는 그 얼굴에는 "자, 자, 나를 더 놀라게 해줘!"라고 말하고 싶은 듯한 기대의 기색이 있었습니다. 저는 한숨을 내쉬었습니다.

"……저기, 무슨 일이 있었나요?"

"하지 마세요! 내게 다가오지 말아주세요! 무서워요!"

"아니 갑자기 그런 말을 한들……."

……어찌 대응해야 할지 모르겠습니다만?

아무튼 이날 사야 씨의 상태는 묘하다고밖에는 할 수가 없었고, 저는 몹시 곤혹스러웠습니다.

마침 그날은 사야 씨의 스승님인 실라 씨와 만날 예정이 있었던지라, 저는 이야기를 나누는 김에 갑자기 변해버린 사야 씨에 관한 이야기를 꺼냈습니다.

"아아, 과연."

실라 씨는 뭔가 납득한 듯 고개를 끄덕이고, 이어서 "너, 역시 그 녀석한테 사랑받고 있구나"라며 조금 못된 표정을 지었습니다.

"사랑받는데 무섭다는 말을 듣나요? 의미를 잘 모르겠습니다만……."

"그 녀석의 고향, 동양 쪽에는 좋아하는 음식을 굳이 '무서워한다'라고 소문을 내면, 장난을 치고 싶어 하는 누군가가 그 음식을 가져다준다고 하는 일화가 있다나 봐."

"……오호?"

그건 즉, 제가 동양 나라에서 빵이 무섭다고 중얼거리면 빵을 가져다준다는 겁니까? 좋은 이야기를 들었습니다.

"요컨대 그 녀석은 그 이야기를 너한테 적용하려고 하는 거 아닐까?"

"일레이나 씨 무서워라고 계속 말하면 제가 다가갈 거라고 생각했다는 겁니까……? 하지만 그건 제가 동양에서의 일화를 모르면 의미가 없지 않나요……?"

"뭐, 이상한 짓을 하고 있는 모양이니까, 내가 그 녀석한테 슬쩍 주의를 줄게."

실라 씨는 그렇게 말하며 담뱃대를 문 채로 가버렸습니다.

그다음 날의 일입니다.

"실라 선생님 무서워…… 실라 선생님 무서워…… 스승님 무서워……."

덜덜 부들부들 떠는 사야 씨가 있었습니다. 대체 실라 씨에게 무슨 짓을 당했는지 물어볼 마음도 들지 않을 만큼 구석에서 떨고 있었습니다.

그런 그녀를 보고 있자니 왠지 모르게 장난기가 마음을 간질였습니다.

그런고로, 한 마디, 말을 걸어드렸습니다.

말하길.

"그건 어느 쪽 의미입니까?"

【출처 정보】 GA 노벨 기간 페어 구입 특전

【저자 코멘트】

정말로 전혀 의식하지 않았습니다만 1권에서 쓴 쇼트 스토리의 후속 같은 이야기가 되었습니다. 『만주 무서워』의 의미를 10권에서 겨우 알게 된 일레이나 씨였습니다. 재미있는 일도 다 있구나 하고 놀랐습니다.

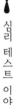

찻집에서 사야 씨와 식사를 하던 때의 일이었습니다. 사야 씨는 조금 의기양양한 표정을 지으면서 저를 보고, 이어서.

"일레이나 씨. 이런 심리 테스트, 아나요?"

하고 물었습니다.

"모릅니다."

그래서 저는 즉답했습니다.

"아직 아무 말도 안 했는데요."

"대체로 그런 식으로 젠체할 만한 이야기의 내용은 모릅니다."

"그건 편견이라고 생각하는데요……."

딱 자르는 저의 태도에 어이없다는 듯이 눈썹을 늘어뜨리는 사야 씨.

"심리 테스트에 이런 게 있어요. '당신의 눈앞에 빵이 있습니다. 과연 몇 개 있을까요?'."

"상당히 허술한 심리 테스트로군요……."

심리 테스트란 대체로 정답이라고 부를 만한 것은 처음부터 준비되어 있지 않고, 질문의 답에 따라 상대의 사람됨을 추측하는 놀이입니다.

뭐 간단히 요약해 말하자면, 딱히 깊게 생각하지 않고 답해버리면 되는 겁니다.

눈앞에 빵이 몇 개 있는가인가요?

"두 개 있네요."

저는 테이블에 놓인 빵을 바라보면서 말했습니다. 딱 두 개. 요컨대 보이는 그대로의 광경을 그대로 답했을 뿐입니다.

"호오…… 그렇습니까?"

후후후 하고 사야 씨는 대담한 미소를 지었습니다. 조금 우쭐대는 듯한 미소였습니다.

"그런데, 일레이나 씨. 그거 아나요? 이 질문에서 빵이라는 건 지금, 신경 쓰이는 사람 수를 나타낸답니다."

"그렇군요."

우물우물 저는 빵 두 개를 동시에 먹으며 고개를 끄덕였습니다.

보이기 시작했습니다.

즉, 사야 씨는 심심풀이로 "일레이나 씨는 지금 누가 신경 쓰이나요?" 하고 놀릴 꿍꿍이겠죠? 다 압니다.

"그런데 사야 씨. 이런 이야기는 아십니까?"

"몰라요."

즉답이었습니다.

"그렇겠죠."

대체로 이런 식으로 젠체하며 꺼내는 이야기의 내용 같은 건 모르는 법입니다.

무엇보다 지금의 사야 씨에 이르러서는, 모르기 때문에 제게 심리 테스트 같은 걸 하려고 했던 거겠지요.

저는 말했습니다.

조금 우쭐대는 미소를 지으면서, 말했습니다.

“심리 테스트는, 신경 쓰이는 상대에게만 한답니다.”

【출처 정보】 12권 토라노아나 구입 특전

【저자 코멘트】

지금 누가 신경 쓰이나요? 하고 놀리기 전에 “혹시 제가 신경 쓰이나요?” 하고 놀리는 일레이나 씨 이야기였습니다.

마무리에서도 이야기했습니다만, 심리 테스트는 흥미 없는 상대에게는 하지 않죠.

당하기 전에 해버린다는 것은 일레이나 씨다운 태도가 아닐까 생각했습니다.

"사야 씨. 여름이라고 하면 뭔지, 아나요?"

"그야 당연하죠. 일레이나 씨. 여름이라고 하면 바다――――."

"그렇습니다. 괴담입니다."

"네? 아니 바다――――."

"괴담입니다. 그렇죠?"

스으윽 하고 테이블 위에 촛불을 준비한 일레이나 씨는 이어서 내게 "그런고로 오늘은 괴담을 하죠"라며 몹시 흥이 올라서 말했습니다.

일레이나 씨의 권유라면 나는 무엇이든 기꺼이 뛰어들고 싶은 바입니다만, 그러나 이번에 한해서는 그렇게 흥이 오른 일레이나 씨를 보며 얼굴을 찌푸릴 뿐이었습니다.

"나는 괴담 같은 건 그다지 특기가 아닌 마녀거든요."

"이건 제 친구의 친구가 경험한 일인데 말이죠――――."

"어라? 잠깐…… 일레이나 씨 무시인가요?"

"역시 여름이라고 하면 등줄기가 오싹해지는 이야기를 하고 싶어지는 법이지요?"

"나는 등줄기가 오싹하는 이야기를 싫어하는데요."

"사야 씨는 만주 무서워라는 이야기를 아시나요?"

"만주를 무서워한다고 하는 남자를 겁주기 위해 괴롭힐 목적으로 만주를 주는 이야기죠. 사실 남자는 만주를 먹고 싶어서 거짓

말을 했던 거라는 결말이었을 거고요."

"그렇죠."

"그게 왜요?"

"아마도 사야 씨가 등줄기가 오싹하는 이야기를 싫어한다는 것도 대체로 그것과 같은 이유인 게 아닐까요?"

"아닙니다."

"뭐, 그건 제쳐두고. 이건 제 친구의 친구가 경험한 일인데 말이죠――――."

"이제 억지로라도 이야기를 시작할 셈이로군요. 일레이나 씨."

일렁일렁 흔들리는 촛불 앞에서 일레이나 씨는 요염하게 미소 지으며, 그리고 하나의 괴담을 제게 피로해 보였습니다.

어느 날 밤, 어느 나라의 뒷골목을 걷던 그녀는 등 뒤에서 묘한 기척을 느꼈습니다.

어디선가 누군가가 나를 보고 있다―― 그런 느낌이 들었던 것입니다. 어둠 속에서 걸음을 옮길 때마다 또각, 또각, 하고 구두 소리가 울렸습니다.

들려오는 것은 그녀의 구두 소리뿐. 마음을 다잡고 뒤를 돌아보아도, 그곳에는 어두운 골목이 이어져 있을 뿐 아무도 없었습니다.

그래도 어디선가 누군가가 그녀를 보고 있는 것 같은, 그런 기척만이 느껴졌던 것입니다. 한 번 신경을 쓰고 나면 이제 모든 게 다 신경 쓰이는 법입니다.

그녀 자신의 그림자도, 하늘 위에서 께름칙하게 꾸물대는 구름도, 창문에 비치는 자신의 모습조차도 마치 그녀를 어둠 속에서 노리는 이형의 무언가처럼 느끼고 말았습니다.

그래도 평정을 가장하며 그녀는 계속 걸었습니다.

"…………."

그러자, 이윽고, 그녀의 진행 방향에서, 코트를 차려입은 한 여성이 이쪽으로 걸어오는 것이 보였습니다. 또각, 또각── 구두가 돌바닥을 두드렸습니다. 여성은 묘한 분위기를 띠고 있었습니다. 고개는 푹 숙이고 있었고, 입가에 머플러를 감고 있어서 눈 아래쪽은 전혀 보이지 않았습니다. 어렴풋이 보이는 피부는 놀랄 만큼 하얘서, 달빛에 비친 모습은 투명하게 보였습니다.

그녀는, 그런 여성을 께름직하다고 여겼습니다.

그날은 한여름이었으니까요.

코트를 입다니, 너무나도 계절에 안 맞았습니다──.

이윽고, 여성과 그녀는, 스쳐 지나갔습니다.

께름직한 그녀와 시선이 마주치지 않도록, 그녀와 마찬가지로 고개를 숙이고 지나치자고 생각했습니다.

하지만.

"거기, 당신."

덥석, 여성은, 그녀의 어깨를 붙들었습니다. 깜짝 놀라며 고개를 들어보니 께름직한 여성의 얼굴이 바로 옆에 있었습니다.

그녀는 공포를 느꼈습니다.

여기에 이르러서, 그녀는 한 가지 사실을 떠올렸습니다. 그것은 너무나도 유명한 괴담. 밤에 혼자 걷고 있으면 맞은편에서 한 여성이 다가온다. 그 여성은 입이 귀까지 찢어져 있는 정말이지 기분 나쁜 이형의 존재.

한밤중에 혼자 걷는 사람 앞에 나타나서는, 묻는 것입니다.

"나, 예쁘니……?"

라고.

그리고 여성은 입가를 가리고 있던 머플러를 벗습니다.

팔락하고 머플러가 지면에 떨어집니다.

"아, 아앗……."

그녀는 부들부들 떨었습니다.

그녀의 눈앞에 있던 여성. 머플러를 벗은 이형의 존재는, 그야말로 아름다운 잿빛 머리카락을 가진 성인 여성. 입가는 찢어져 있지 않았지만 그 대신에 무척이나 귀여운, 어떤 의미에서는 이형의 존재라고도 할 수 있는 그녀는 대체, 누구일까요?

그렇습니다. 저입——.

"잠깐 기다려주세요."

"네. 무슨 문제라도?"

한창 이야기를 하던 중에 저는 중지를 요구했습니다.

아니 아니 아니 아니.

"뭡니까 방금 그 얘기."

무서운 이야기인가 했더니 일레이나 씨가 등장했는데요?

"제가 이형의 존재였다고 하는 결론이죠. 더 알기 쉽게 말하자면 제가 예쁘다고 하는 이야기가 되겠습니다."

"…………."

"어떤가요?"

"다른 의미에서 몸이 떨리는 이야기가 되었네요……."

이건 즉 그러니까 조금 전 일레이나 씨가 예로 든 이야기인 만주 무서워와 마찬가지로, "그러니까 결국 제가 무서울 정도로 예쁘다는 거네요. 그것참 큰일이에요. 큰일"이라는 것으로, 요컨대 무서운 이야기고 뭐고 아니라고 할까요?

…………….

괜히 경계해서 손해를 봤습니다.

"분명 엄청나게 무서운 이야기를 듣고 덜덜 떨게 되는 거려나 했는데 말이죠……."

나는 안도의 한숨을 내쉬었습니다. 무서운 이야기는 싫어합니다.

그보다.

"일레이나 씨, 이 이야기의 어디가 무서운 건가요……?"

나는 안도와 동시에 살짝 실망도 했습니다.

일레이나 씨는 그런 나를 보고, 키득 웃으면서.

"그러네요……."

그리고 촛불을 불고, 말했습니다.

"제 아름다움, 일까요……."

○

그러고서 얼마 안 있어 일레이나 씨는 내 방을 떠났습니다. 점심시간에 갑자기 찾아와서 무서운 이야기만 하고 떠나다니 오늘의 일레이나 씨는 이해가 안 되네요! 가능하다면 점심 식사라도 함께하면 어떨까 했는데 말이죠——.

그런 생각을 하고 있을 때였습니다.

"사야 씨. 안녕하세요."

일레이나 씨가 다시 나타났습니다. 마치 오늘 처음 만난 듯이 행동하며 그녀는 "사야 씨, 점심 식사는 이미 했나요? 아직 식사 전이라면 같이 먹을래요?" 하고 고개를 갸웃거렸습니다. 그래서.

"아까처럼 이상한 이야기를 하지 않는다면 좋아요" 하고 나는 고개를 끄덕였습니다.

그러자 일레이나 씨는.

"아까……? 이상한 이야기……? 무슨 소리를 하는 겁니까?"

고개를 갸우뚱거리고, 이어서 매우 이상하다는 듯이, 말하는 것이었습니다.

"저, 조금 전까지 방에서 책을 읽고 있었는데요……."

【출처 정보】 GA 노벨 기간 페어 구입 특전

【저자 코멘트】

심령 체험과는 다르다고 생각하지만, 저 자신도 이상한 체험을 한 적이 있습니다. 학창 시절, 어느 날 멍하니 창밖을 바라보고 있었더니 등 뒤에서 발소리가 다가왔고, 누구지? 하고 돌아봤더니 아무도 없었다고 하는 경험이 있습니다. 뭐, 딱히 그 이야기가 바탕이 되어 이 이야기를 쓴 건 아니지만 말이죠.

"진짜 친한 사이라면, 딱히 결론이 없는 대화라도 즐겁대요."

"아빌리아, 갑자기 무슨 소리야?"

너무나도 갑작스러운 내 말에 언니는 귀엽게 고개를 갸우뚱거리며 물었습니다. 머리 위로 "?"가 보일 만큼 의아해하는 표정이라고도 할 수 있었습니다.

나는 얼마 전에 읽은 책의 내용을 반추하면서.

"시시한 내용이라도 지루함을 느끼지 않는다는 건 그만큼 있는 그대로 대화를 할 수 있다는 거고, 상대와의 사이가 깊다는 증거라고 하네요. 정말 멋지죠?"

"아…… 응, 그러네."

"그런고로, 언니."

"응."

"시시한 내용의 이야기를 하죠."

"그럴 줄 알았어."

싫다 하고 언니는 얼굴을 찌푸렸습니다.

그러나 저는 물러나지 않습니다.

"부탁이랍니다."

"에이."

"시시한 내용에, 또 특별한 절정과 결말도 없고, 하지만 저라도 이해할 수 있을 만한 내용의 이야기로 해주세요."

"주문이 많네요."

"재미없는 내용의 이야기가 되거나 하면 침울해질 거라고 생각한답니다……."

"재미있는 이야기를 요구하면 부담스러워지는데……."

이야기의 허들을 쓸데없이 높인 결과 언니는 한숨을 내쉬기에 이르렀습니다. 갑작스러운 부탁이었음에도 언니는 이어서 "재미있는 이야기라……" 하고 팔짱을 끼고 "으음" 하고 신음하더니, 이어서 잠시 생각에 잠긴 다음.

"없는데."

담박하게 포기하고 대화를 끝냈습니다.

"반대로 아빌리아는 뭔가 재미있는 얘기, 없어?"

"재미있는 얘기인가요."

나는 언니와 마찬가지로 팔짱을 끼고, 신음하고, 생각에 잠기는――일 없이 곧바로 "없답니다"라고 대꾸했습니다.

언니는 그런 나를 보며 살짝 고개를 끄덕이더니.

"그래. 그런데, 아빌리아. 지금 나랑 대화하면서 지루했어?"

그렇게 물었습니다.

"그렇지도 않답니다."

이번에도 곧바로 대꾸했습니다.

그러자 언니는 "그래"라며 다시 고개를 끄덕이고, 그리고 살며시 웃었습니다.

"나도."

그렇게 특별한 결론 없는 이야기가 나와 언니 사이에서 나누어졌던 것입니다.

【출처 정보】 12권 멜론 북스 구입 특전

【저자 코멘트】

드라마 CD 제4탄에서 암네시아 씨가 "일레이나 씨가 나쁜 거야"라고 말하는 장면이 있는데, 드라마 CD 수록이 끝난 다음에 코하라 코노미 씨가 출연하는 모 애니메이션에서 같은 대사가 유명하다는 걸 알게 됐습니다. 이런! 의도치 않게 패러디를 해버렸어! 하고 생각했습니다만, 모 애니메이션의 그 대사도 본편에서는 쓰이지 않은 모양이니 뭐 상관없겠지!

"이 상자 안에는 악마가 들어 있나 봐."

어느 나라를 방문한 제 앞에, 한 남성이 곤란한 얼굴을 하고서 나타났습니다.

말하길, 그는 "저주받은 상자를 갖고 있다"라고 했고, 물어보니 그 상자가 온갖 재액을 그에게 불러오고 있다고 했습니다.

"오호라. 대체 어떤 문제인가요?"

제가 묻자 그는 매우 슬픈 듯이 "예를 들면 어제는 위에서 꽃병이 떨어졌어. 엄청 아팠지. 그리고 그저께는 갑자기 집 마루가 빠져서, 떨어졌어."

그는 거듭 불행한 일을 겪는 모양이었습니다. 꽃병과 집 마루만이 아니라, 그를 덮치는 것은 온갖 수수한 재난.

예를 들면 길을 걷다 보면 새똥이 떨어지고, 뽑기를 뽑아도 당첨되는 일은 절대 없습니다. 게다가 벤치에 앉으면 페인트가 마르기 전이거나, 지갑을 잃어버리거나. 다양한 불운을 겪고 있는 듯했습니다.

그래서 저는 "어머, 큰일이네요" 하고 다소 수수하게 그를 불쌍히 여겼습니다.

"분명 이 상자 탓인 게 틀림없어."

그가 이러한 기묘하다고도 할 수 있는 사태를 겪게 된 것은 상자를 구한 다음부터라고 합니다. 자물쇠가 달린 작은 나무 상자는 열 수도 없는 물건이었고, 우연히 골동품 가게에서 발견해 샀다고 합니다.

골동품 가게의 주인은 구입할 때 그에게 이런 말을 했다고 합니다.

"그건 그만두는 편이 좋아. 저주받은 물건이라고."

그는 믿지 않았습니다. 결국 가게 주인의 반대를 무릅쓰고서 사고 말았습니다. 그 후부터 변변치 못한 꼴을 당한 탓에, 상자 때문에 불운한 일을 겪고 있다고 여기게 된 것일 테지요.

"그 상자가 원인이라면, 처분해버리면 되는 게 아닙니까?"

얼토당토않은 제안을 하나.

"할 수 있었다면 그렇게 했지. 하지만 안 될 거야."

남자는 고개를 저었습니다.

"그게, 상자를 갖고 있는 것만으로도 이런 꼴을 당했잖아? 버리면 더 나쁜 일이 일어날 게 틀림없어."

"흐음흐음……."

"그런고로, 마녀님. 어떻게 좀 안 될까?"

"…………."

마법사라면 해결할 수 있으리라고 여기는 것일 테지요. 그는 미간을 모으면서 제게 그렇게 물었습니다.

저는 잠시 생각했습니다. 사람을 불행하게 만드는 상자라는 말은 아무래도 믿기 어려웠습니다만, 그가 불운을 겪고 있다는 것은 정말일 테지요.

뭔가 제가 할 수 있는 일이 있을까요?

"…………."

하나 떠오른 것이 있었습니다.

"사흘 동안, 그걸 빌려주십시오. 제가 그 상자에 담긴 저주를 풀어드리죠."

그리고 그 후로 일주일 정도가 지났습니다.

"그것참, 마녀님 대단한걸! 그 후로 불행한 일 같은 건 전혀 겪지 않게 됐어!"

그는 기뻐 신이 나서 제 앞에 나타났습니다. 사흘 동안 제가 그에게서 상자를 빌린 사이에, 상자의 저주를 풀어드렸습니다——라고 말하고, 그에게 돌려주었던 것입니다.

결과, 어찌 되었는가 하면, 저주는 사라졌습니다.

"그날 이후로 정말 행복한 하루하루야. 여자 친구가 생겼고, 불행한 일도 겪지 않게 됐고, 매일 정말이지 즐거워."

그는 눈을 반짝이며 그렇게 이야기했습니다.

"그것참, 그것참. 잘됐군요."

우후후후 하고 웃으면서 저는 그에게 손을 내밀었습니다.

"그럼 대금을 주시겠습니까?"

효과를 실감하면 돈을 받는다, 라는 것으로 되어 있었습니다.

"그럼 물론이지!"

그는 지갑을 꺼내더니 고개를 갸웃거렸습니다.

"얼마지? 분명 저주를 푸는 건 힘든 일이었을 테니까, 합당한 사례를 할게."

그나저나 그런데.

분명히 말씀드리자면, 저는 실제로 사흘 동안 상자를 가지고는 있었지만 딱히 아무것도 하지 않았습니다.

아무것도 할 필요가 없었습니다.

애초에 상자를 열어보아도 안에는 아무것도 들어 있지 않았으니까요. 저주도 없었습니다. 상자는 평범한 앤틱풍 상자였습니다. 분명 저주라고 여겼던 것은 그의 기분 탓이었을 테지요. 마음에 따라서 어떤 일이든 좋은 쪽으로든 나쁜 쪽으로든 굴러가는 법이니까요. 저는 그저 '저주받은 상자'라는 인식을 그에게서 제거한 것에 불과합니다.

그래서 저는 답했습니다.

"대금은 마음이면 충분합니다."

【출처 정보】 10권 멜론 북스 구입 특전

【저자 코멘트】

예를 들면 아침 운세에서 12위였던 날에 자신의 주변에서 어떤 재난이 벌어지면 "오늘은 운세에서 12위였기 때문에 이런 꼴을 당한 거야"라고 믿어버릴지도 모릅니다. 사실은 아무런 관계가 없는 일이라도 연결 지으려고 들면 얼마든지 연결 지을 수 있는 법이지요.

어느 나라에서나 길을 걸으면 이해할 수 없는 행동을 하는 사람이 한 명은 있는 법이라, 그날 제가 방문한 나라에서도 이상한 짓을 하고 계시는 분이 있었습니다.

"……후후후. 후후후후."

그 마법사는 길 한쪽에 앉아서 힘없이 웃고, 자신의 삼각 모자를 쓰다듬고는 쓰고, 쓰다듬고는 쓰고, 그런 이해할 수 없는 행동을 반복하고 있었습니다.

언뜻 보면 그저 수상한 사람입니다.

그런데 이 의미 불명의 행동을 반복하는 그녀는 대체, 누구일까요?

………….

뭐, 저입니다만.

"아가씨, 대체 뭘 하고 있는 거지?"

아무래도 제 의미 불명인 행동은 이 나라 사람들에게는 매우 기묘하게 보였나 봅니다. 큰길을 어슬렁어슬렁 걷던 남성은 그야말로 이상한 것을 보는 듯한 눈빛을 제게 보냈습니다.

"돈을 벌고 있습니다."

"……? 그런 짓이 돈벌이가 돼? 대체 무슨 소리지?"

모자를 쓰다듬고 쓸 뿐인 행동을 반복하는 데 무슨 의미가 있다는 것일까요? 남성은 몹시 수상하게 여긴 모양인지, 그러나 동시에 조금 흥미도 생겼는지, "자세하게 가르쳐주겠어?" 하고 고개를 갸우뚱거렸습니다.

오호라.

"이런 멋진 돈벌이를 공짜로 가르쳐줄 수는 없습니다."

"호오…… 그럼 얼마를 내면 가르쳐주려나?"

"그러네요── 동화 두 닢이면 어떻겠습니까?"

마침 근처 저렴한 숙소에서 1박을 할 정도의 가격이로군요.

"그 정도면 되겠어? 그러지 뭐."

남성은 고개를 끄덕이더니 제 손에 동화 두 닢을 짤랑 떨어뜨렸습니다.

"이용해주셔서 감사합니다."

우후후. 하고 저는 다시 대담하게 미소를 짓고, 그러고서 말했습니다.

"이 돈벌이는 매우 간단하답니다."

"그런가? 나한테는 그저 쓸데없는 짓을 하고 있는 것처럼만 보이는데……."

아뇨 아뇨 무슨 말씀입니까.

"여기서 의미 불명의 행동을 하고 있으면 누군가가 언젠가 말을 걸어오겠죠? 저는 말을 걸어준 사람에게 『돈을 벌고 있습니다』라고 답합니다. 그러면 의미 불명인 행동으로 돈을 벌 수 있는 건가? 하고 거듭 물겠죠?"

바로 지금처럼.

"그러면 저는 동화를 내면 방법을 가르쳐주겠다고 답하는 겁니다.”

“……그러면 어떻게 되지?”

어라? 눈치가 없으시군요.

“돈을 법니다.”

【출처 정보】 11권 멜론 북스 구입 특전

【저자 코멘트】

평소 일레이나 씨는 노상에서 이상한 장사를 하다가 병사에게 벌금을 내거나 합니다만, 아마도 대체로 이런 장사를 하겠지, 라는 이야기였습니다. 0에서 1을 만들어낸다. 그야말로 연금술이 아닌지…….

어느 나라를 방문한 저는 평소처럼 길에서 빵을 사서 우물우물 먹으며 거리를 걸었습니다. 보는 사람에 따라서 그 광경은 참으로 칠칠치 못해 보일 테지만, 그러나 낯선 여행자를 손가락질하며 "어머나 예의 없어!" 같은 말을 하는 사람은 웬만큼 특이한 나라가 아닌 한은 잘 없습니다. 그래서 저는 평소처럼 우물우물하며 거리를 걸었습니다만.

"어이어이…… 저것 좀 봐……!" "우와아…… 빵을 먹으면서 걸어 다니다니…… 분명 저 사람도 건강이 안 좋을 게 틀림없어……." "저렇게나 젊은데 불쌍하게…… 분명 요절할 거야."

길에서 스쳐 지나가는 사람들은 소곤소곤 그런 말을 나누며 저를 보고 있었습니다.

"…………."

어라 어라.

아무래도 이날 방문한 나라는 앞서 말했던 대로 조금 특이한 나라였나 봅니다.

"설명해드리죠!"

마을의 숙소에 도착하자, 숙소 주인분이 커다란 간판을 내걸면서 제게 사정을 이야기해주었습니다. 아무래도 이 나라에 방문한 여행자의 대부분이 저와 같은 의문을 품어왔던 모양입니다. 준비성이 좋은 건 그런 여행자들의 의문에 답을 하기 위해서인가 봅니다.

"우리나라에서는 빵을 먹는 것에 따른 건강 리스크가 문제시되고 있습니다. 빵을 일상적으로 먹음으로써 지능지수가 현저히 저하하는 겁니다."

"요컨대 바보가 된다는?"

"바로 그렇습니다! 빵은 몸에 해를 끼치는 음식입니다! 빵을 일상적으로 먹은 사람은 대부분이 어떤 병에 의해 목숨을 잃었습니다!"

"아아……."

누구든 죽을 때는 어떤 병에 걸려 있는 경우가 많다고 봅니다만.

"그것만이 아닙니다. 무려 빵을 일상적으로 먹은 사람 중에, 이 나라의 평균 수명보다도 일찍 죽음에 이른 경우가 약 절반이나 됩니다! 이 얼마나 끔찍한지!"

"아, 네에……."

"빵에 의한 위험은 그 외에도 수많은 데이터가 나와 있습니다. 우선, 매일 빵만 계속 먹은 사람은 영양이 불균형해질 리스크를 가지게 되고, 어린아이에게 빵을 주면 15세 무렵에 반항기를 맞이하게 됩니다! 빵은 악마의 음식으로 우리나라에서는 기피되고 있습니다."

그 후에도 숙소 주인은 술술 빵의 위험성을 이야기했습니다.

그래서, 결국에는.

"이 나라는 빵을 먹는 사람이 적다는 겁니다만."

그렇다면.

"이 나라에서는 뭐가 주식인가요?"

"물론 쌀입니다!"

가게 주인은 즉답했습니다.

오호라. 그렇습니까. 그렇습니까.

"아십니까?"

저는 말했습니다.

"쌀을 일상적으로 먹은 사람 중 약 절반이 평균 수명보다도 일찍 죽는다고 합니다——."

【출처 정보】 11권 토라노아나 구입 특전

【저자 코멘트】

'저주받은 상자' 이야기에서도 썼습니다만, 억지로 가져다 붙이려고 하면 모든 건 얼마든지 뭐든지 가져다 붙일 수 있는 이야기로군요.

그런데 여러분, 아십니까? 평소 언제나 가지고 다니고, 만나는 사람들에게 차례차례 "이 책 좋습니다" 하고 추천하는 것으로 인생이 풍족해지는 멋진 책이 있다고 합니다. 『마녀의 여행』이라고 합니다만.

『나는 주전자의 망령이다.』

어느 나라에는 찻주전자를 문지르면 망령이 나와서 소원을 이뤄준다고 하는 일화가 있다. 어느 날 남자가 본가의 창고를 정리하던 때 주전자를 문지르자 주둥이에서 뭉게뭉게 연기가 피어올랐고, 새하얀 망령이 모습을 드러내고, 그러한 대사를 뱉었다.

남자는 몹시 놀랐다.

주전자의 망령은 팔짱을 끼고『네 소원을 딱 하나 이뤄주마』라고 잘난체 하며 말했다. 일화는 진짜였나 보다.

"정말로?"

남자는 몹시 놀랐다. 그러고 보니 카지노에서 져서 빚이 어마어마하니까 돈이라도 받을까 싶어졌다. 남자는 그럭저럭 쓰레기였다.

"그럼 돈이라도———."

하고 남자는 냉큼 입을 열려 했다.

그때였다.

"이야기는 들었습니다."

불쑥 옆에서 나타난 마녀. 그것은 누구인가. 그렇습니다. 저입니다.

"정말로 그거, 괜찮은 겁니까? 죽은 사람에게 돈을 요구해도 괜찮은 겁니까?"

갑자기 나타나 잘 알 수 없는 불안을 부채질하는 마녀인 저에게 남성은 상당히 의심쩍다는 얼굴을 해 보였습니다.

"너는 누구지?"

"제가 어디의 누구인지는 지금 어찌 되든 상관없지 않습니까?"

"아니 여기 내 집인데———."

"알겠습니까? 이 주전자의 망령은, 말하자면 죽은 사람입니다. 죽은 사람에게 물건이나 돈을 받았을 때는 상속세라는 게 발생합니다. 즉, 돈을 내지 않으면 돈을 받지 못하게 되는 겁니다. 그건 좀 바라던 대로의 전개와는 거리가 멀겠죠."

"음, 확실히 그건 곤란한걸……."

한숨을 내쉬는 남성.

그러나 걱정할 필요 없습니다. 대책은 제대로 생각해두었습니다.

『어쩌겠느냐. 무슨 소원이든 말해라.』

"아, 일단 지금은 딱히 소원이 없으니 잠시 돌아가 주시겠습니까?"

『그것이 소원이라 보면 되겠는가?』

"그럴 리가 없잖습니까. 나중에 다시 부를 테니 얼른 돌아가 주십시오."

『그러지.』

꾸물꾸물 꾸물꾸물하고 주전자 속으로 돌아가는 망령.

저는 그 주전자를 끌어안으며 남성에게 말했습니다.

"주전자의 망령에게 돈을 직접 받지 않아도, 돈을 벌 방법이라면 그 외에도 얼마든지 있습니다."

그리고 저는 남성을 데리고서, 무슨 소원이든 이뤄주는 망령이 나오는 주전자를 팔러 나섰던 것입니다. 그리고 말할 것도 없이 비싸게 팔렸습니다.

해피 엔딩.

【출처 정보】 13권 멜론 북스 구입 특전

【저자 코멘트】

지나치게 좋은 이야기에는 꿍꿍이가 있다. 저라면 램프의 요정이 "네 소원을 이뤄주지. 소원이 뭐지?" 하고 나온다면 램프 그 자체를 팔 텐데 생각하다가 이 이야기를 떠올렸습니다. 대체로 일방적으로 주어진 힘을 쓰면 변변치 못한 일을 당하게 되는 법입니다.

제가 어느 나라를 관광하고 있을 때 찾아간 광장에서 고민을 하고 있는 한 남성이 눈에 띄었습니다. 녹색 잔디밭 앞에서 "이거 큰일이네…… 어쩌면 좋지……" 하고 고개를 모로 꼰 남성은, 어디를 어떻게 보아도 곤란해하고 있었고, 시험 삼아 이야기를 들어보니.

"실은 이 잔디에 들어가는 사람이 끊이질 않아……."

그렇게 말하며 눈앞에 펼쳐진 무참한 광경을 제게 보여주었습니다. 광장 잔디는 아무래도 경관을 아름답게 하기 위해 마련된 것인지『출입 금지』라는 팻말이 세워져 있었습니다.

그러나 이 마을 주민은 그런 팻말 같은 건 무시하고 잔디밭에 들어갔고, 앉고, 피크닉을 즐기는 지경. 아무리 주의를 주어도, 울타리를 쳐도 무시하는 사람이 끊이질 않는다고 합니다.

"큰일이야……."

남성은 탄식했습니다.

과연, 그렇군요.

"그런 거라면."

불쑥 옆에서 나타난 마녀. 그것은 누구인가. 그렇습니다. 저입니다.

"이건 제게 맡겨주시겠습니까?"

"우선 자네는 누군가?"

“제가 잔디밭 문제를 반드시 해결해드리죠.”

“그래. 그런데 자네는 누군가?”

이러저러하여 잔디밭에 들어가는 괘씸한 자들을 모조리 퇴치하는 일을 맡게 된 저. 뭐 이러한 문제에 대한 대처법 같은 건 간단 그 자체입니다.

다음 날의 일.

예에 따라 잔디밭에 들어가 피크닉을 시작하는 젊은 남녀가 나타났습니다.

그들은 출입 금지 팻말을 무시하고 꺅꺅 우후후 하고 시시덕거렸습니다. 그것참 윤리 의식이 없군요.

그런고로 저는 곧바로 두 사람에게 말을 걸러 갔습니다.

“안녕하세요! 거기 두 분, 잠시 이야기를 할 수 있을까요?”

놀란 두 사람에게 저는 말했습니다.

“실은 말이죠, 저는 최근 당신들 같은 분들에게 이런 선물을 나눠드리고 있답니다. 후후후후후후.”

말하면서 저는 새빨간 사과를 두 사람에게 건넸습니다.

“앞으로도 잔디밭에서 피크닉을 하면 전부 선물을 드릴 겁니다. 후후후.”

참으로 수상한 저의 모습에 두 사람은 “아, 네에……” 하고 미묘한 반응을 하면서, 그 후로도 피크닉을 계속했습니다.

대체로 그런 느낌으로 잔디밭에 들어간 모든 사람에게 사과를 나눠주고 다녔습니다.

이윽고 출입 금지 잔디밭에서는 정체를 알 수 없는 이상한 마녀가 사과를 나눠주고 다닌다는 소문이 퍼졌고, 한 사람, 또 한 사람, 잔디밭에 접근하지 않게 되어갔습니다.

"과연. 주의를 주기보다 잔디밭에 들어가도록 장려하면 왠지 찜찜해서 아무도 들어가지 않게 된다는 건가."

보수를 건네며 무릎을 치는 남성.

저는 태연하게 고개를 끄덕였습니다.

"정체를 알 수 없는 것과는 거리를 두고 싶어지는 법이니까요."

【출처 정보】 13권 토라노아나 구입 특전

【저자 코멘트】

안 돼! 라는 말보다 네네 얼마든지 하세요 헤헤헤헤 라는 말을 듣는 편이 거부 반응이 나오는 법입니다. 누르지 마! 절대로 누르지 마! 같은 말을 들으면 더 누르고 싶어지는 것과 같은 심리 현상이죠.

어느 명물을 파는 나라의 길에서 한 남녀가 다투고 있었습니다.

여행 도중에 귀를 기울여보니 아무래도 매우 하찮은 문제로 다투고 있는 모양이었습니다.

"이 나라에서 가장 맛있는 음식이 뭐냐고? 그야 빵인 게 당연하지!"

"아니, 햄버그야! 발효한 빵처럼 말랑말랑 구멍 숭숭 머리인 너는 잘 모르겠지만 말이지!"

"뭐라고?!"

번화가에 마주한 인기 있는 가게.

햄버그가 인기인 정육점과 폭신폭신한 빵이 인기인 빵 가게가 서로의 음식 중 어느 쪽이 더 맛있는지를 경쟁하고 있었습니다.

"그런 말을 한다면 내 빵과 네 햄버그, 어느 쪽이 더 뛰어난지를 저기 있는 마녀님께 정해달라고 하자고!"

"그거 좋은 생각이네! 뭐 내 햄버그 쪽이 당연히 맛있겠지만 말이야!"

뜨끈뜨끈한 햄버그처럼 가열된 두 사람의 논의는 그렇게 만물에 무해한 여행자인 저를 끌어들였습니다.

두 사람의 대화를 멀리서 보고 있던 여행자는 갑작스러운 전개에 "에에엣……?" 하고 고개를 갸웃거렸지만, 그러나 두 사람은 여행자의 의사 따위는 개의치 않고.

“자, 자, 여행자님! 우리 빵은 맛있어! 먹어봐!”라며 빵을 내밀었고.

“자, 자, 여행자님! 햄버그가 맛있는 게 당연하잖아! 먹어봐줘!”라며 햄버그를 쭉쭉 밀어붙였습니다.

그런 두 사람에게 여행자는 몹시도 곤혹스러워했습니다.

애초에 그런 짓을 하지 않아도 함께 하면 되지 않습니까.

그래서 여행자는 건네받은 그대로 빵과 햄버그를 하나로 해서, 햄버거를 만들었습니다. 어느 쪽이 제일인지 같은 건 생각하지 않아도 하나로 만들면 더 좋은 것이 만들어진다고 생각해야 합니다.

두 사람은 놀랐습니다.

“빵과 햄버그가 하나가 된다……고……?”

“그 방법이 있었던 건가……!”

두 사람은 서로 마주 보았습니다. 그리고 손을 맞잡고, 화해.

“우리도 빵과 햄버그처럼 함께할까?”

“우연인걸……. 나도 똑같은 생각을 하고 있었어…….”

이리하여 경쟁하던 두 사람은 결혼했고, 두 사람의 가게는 합병하여 이 나라 명물인 햄버거가 태어나게 되었다고 합니다.

“어떤가요? 마녀님. 우리나라의 햄버거는?”

서로 사랑한 두 사람의 일화처럼 뜨끈뜨끈한 햄버거를 하나 먹으면서, 저는 마을을 바라보았습니다. 지금 이 나라는 곳곳에 햄버거 가게가 늘어서 있었습니다.

“속이 더부룩하네요.”

【출처 정보】 14권 토라노아나 구입 특전

【저자 코멘트】

코멘트란에 햄버그에 빗댄 이야기를 쓰려고 했습니다만, 즉흥으로는 좋은 이야기가 떠오르지 않았습니다. 역시 제대로 만들려면 시간이 필요하군요. 그렇습니다. 햄버그처럼 말이죠. 햄버그——!

"크, 큰일이야! 큰일이야아아아!"

평화의 나라 로베타의 어느 민가에서 남자의 외침이 울려 퍼졌다.

근처 나무에 앉아 쉬던 새들이 놀라서 날아올랐고, 근처를 지나가던 주부는 "어머어머, 또야?" 하고 키득 웃었고, 민가 안에서 남자의 아내는 "또인가 보네" 하고 탄식했다.

남자가 소란을 피우는 이유는 언제나 정해져 있었다.

"큰일이야! 일레이나한테 연락이 왔어!"

여행 중인 사랑하는 딸에게서 짐이 도착할 때마다, 남자는 마치 세상이 뒤집히기라도 한 것처럼 난리를 피우는 것이다. 아내는 그런 남자의 모습에 "언제까지고 자식한테서 벗어나질 못한다니까"라며 흐뭇하다는 듯이 웃었지만, 최근 들어서는 "이제 좀 익숙해질 때도 되지 않았나……?"라는 고민거리가 되어가고 있었다.

"여행을 하다 보면 연락 정도는 보내는 거잖아. 너무 요란 떨지 마."

"연락을 했다는 건 일레이나가 건강하게 지내고 있다는 증거야. 좋은 일이잖아……!"

특히 최근 들어서는 소식이 없어서 너무나도 걱정이 되었다고 남자는 말했고, 아내는 한숨을 내쉬었다.

"걱정하지 않아도 건강히 지내고 있어. 소식이 끊기는 건 여행을 즐기고 있다는 증거야. 소식이 있든 없든 그 아이라면 괜찮아."

말하면서 그녀는 딸이 보내온 꾸러미를 보았다. 양팔로 안아 들어야 할 정도로 커다란 꾸러미는 척 보기에도 묵직할 듯했다.

"너는 언제나 냉정하다니까."

웃으면서 남자는 꾸러미를 테이블에 놓았다.

냉정하다는 말에는 어폐가 있다.

"그 아이를 신뢰하고 있을 뿐이야. 나도 흐트러질 때는 흐트러진다고."

예를 들면 주방에서 정체를 알 수 없는 검은 생물을 보았을 때. 예를 들면 유령을 봤을 때. 혹은 옛날에 쓴 부끄러운 내용의 책이 예상치 못한 곳에서 나왔을 때.

언제나 냉정하다는 말을 듣는 편이지만, 그녀는 대체로 그런 때 흐트러지는 매우 평범한 여성이었다.

그렇다고 해도 오랫동안 주방에서 검은 생물은 보지 못했고, 유령 같은 건 본 적도 없다. 흐트러질 만한 일이 일어나지 않았기 때문에, 분명 언제나 냉정하다고 한다면 그럴지도 모른다.

"어디 보자, 일레이나는 이번에 무얼 보냈으려나."

남자는 콧노래를 불러가며 꾸러미를 열었다.

안에는 대략 열 권 정도의 책자가 들어 있었다.

"……? 이건 뭐지? 책……?"

남자는 그중에 한 권을 꺼내 들고 표지를 손가락으로 쓰다듬었다.

그녀는 옆에서 그 표지를 들여다보았다.

이렇게 쓰여 있었다.

이야기의 나라 이야기.

?
©Azure

"앗."

그것은 그녀가 아주 오래전에 여행하며 썼던 부끄러운 내용의 책들이었고.

그리고 그녀는 당연하게도 흐트러졌다.

【출처 정보】 14권 멜론 북스 구입 특전

【저자 코멘트】

이 쇼트 스토리는 본편 『마녀의 여행』 14권에 들어갈 예정인 이야기였습니다만, 이야기가 좀 안 맞는다고 할까, 약간 본편에서 벗어났다고 할까, 넣을 만한 곳이 없었기 때문에 쇼트 스토리로 흘러갔습니다. 이 시점에서 15권이 쇼트 스토리 모음이 된다는 것은 정해져 있었기 때문에, 큰 결심을 했다고도 할 수 있습니다.

어느 나라에 사는 한 소녀가 길가에서 인형을 주웠습니다.

금발은 반들반들. 몸에 걸친 핑크 드레스는 아주 예뻤고, 푸른 눈동자가 보석처럼 반짝이고 있습니다. 소녀는 처음 본 순간부터 너무나도 아름다운 그 인형의 포로가 되었습니다. 누구 것인지도 모르는 인형을 그대로 집으로 가지고 돌아갈 만큼.

그러나 소녀의 어머니는 그녀가 가지고 돌아온 인형을 보자마자 얼굴을 찡그리고 소녀를 가볍게 혼냈습니다.

"이런 걸 주워 오면 안 돼. 얼른 있던 데 다시 가져다 두고 와."

너무나도 아름다운 인형은 어찌 보아도 버려진 것이라고는 생각되지 않았던 것입니다. 아마도 분실물. 지금도 주인이 찾고 있을지도 모릅니다. 딸이 인형을 훔쳤다고 오해받기 전에 원래 있던 곳에 돌려놓아야 한다고 생각한 것입니다.

"에이……."

모처럼 주웠는데 하고 소녀는 떼를 썼지만, 어머니는.

"인형이라면 엄마가 사줄 테니까"라고 달래면서 함께 인형을 버리러 갔고, 인형 가게에서 예쁜 새 인형을 적당히 골라 딸에게 선물해주기로 했습니다.

"……괜찮아?"

딸은 물었습니다. 인형 가게에 진열된 새 인형들은 전부 나름대로 가격이 상당한 물건들뿐이었던 것입니다.

"괜찮아. 엄마, 부업으로 꽤 벌었거든."

"부업이 뭐야?"

"전매야."

여담이지만 어머니는 재택 작업으로 그럭저럭 벌고 있었습니다.

"우와아. 고마워!"

딸은 주운 인형에 관한 것은 잊고 새 인형을 안고서 엄마와 함께 집으로 돌아왔습니다.

그다음 날의 일입니다.

주방에서 아침 식사를 준비하던 중에 어머니는 갑자기 흠칫하고 한기를 느꼈습니다. 누군가에게 감시당하는 듯한, 마음이 불편한 시선을 느꼈습니다.

그래서 어머니는 뒤를 돌아보았습니다.

"…………?"

그리고 고개를 갸웃거렸습니다.

그녀의 등 뒤에는 아무도 없었습니다.

그러나 언제나 가족들이 아침 식사를 하는 식당 의자 위에 인형이 하나 앉아 있었습니다.

금발은 반들반들. 몸에 걸친 핑크 드레스는 아주 예뻤고, 푸른 눈동자가 보석처럼 반짝이는 그 인형은 어제 분명 딸과 함께 버렸을 터인 인형이었습니다.

남편이 우연히 주워 온 걸까── 어머니는 딱히 깊게 생각하지 않고, 어제와 같은 길 위에 버리러 갔습니다.

신기하게도.

아침 식사 중에 남편에게 인형에 관해 물어보았습니다만, 남편은 "인형 같은 거 주운 적 없는데?"라며 고개를 갸우뚱할 뿐. 딸도 당연히 줍지 않았습니다.

그럼 대체 누가 식당에 둔 것일까?

"마치 인형이 자신의 힘으로 걸어온 것 같네."

남편은 아침 식사인 빵을 베어 물면서 농담처럼 말하고 웃었습니다.

"……이상한 소리 하지 마."

태연하기만 한 남편에게 이끌려 어머니도 웃었습니다. 어디서 보내지는지 모를 마음 불편한 시선을 느끼면서.

결국 아무리 생각해도 인형이 혼자서 돌아온 원인 같은 건 짐작도 되지 않았습니다. 그러나 이번에야말로 확실하게 버렸으니, 이제 괜찮을 테지요.

그러나 그날 저녁.

일을 마치고 돌아온 어머니는 집 문을 연 직후에 놀라 굳어졌습니다.

"……어째서?"

현관 앞. 문을 연 곳.

그곳에서 예의 그 인형이 어머니가 돌아오기를 기다리고 있었던 것입니다. 털썩 바닥에 앉아서, 인형은 인위적인 미소로 그녀를 올려다보았습니다.

소름이 돋았습니다. 공포를 느꼈습니다. 영문을 알 수 없는 사태가 일어나고 있다는 것을, 어머니는 이때야 겨우 이해했습니다.

그리고 그날을 경계로, 인형은 그녀의 가족들을 항상 따라다니게 되었습니다.

몇 번을 버려도 인형은 돌아오는 것입니다.

주워 온 길에 돌려놔도, 쓰레기통에 버려도, 죄악감을 느끼며 남에게 건네도, 가게에 팔아보아도, 무슨 일을 해도, 무슨 일이 있어도, 무척이나 마음에 들고 말았는지 인형은 그녀 가족의 집으로 만나러 왔습니다.

며칠이 지나도, 몇 번을 버려도.

인형은 줄곧 가족을 따라다녔습니다.

그리고 어느 날의 귀갓길. 평소처럼 현관 앞에서 기분 나쁜 미소와 함께 귀가를 기다리고 있던 인형과 얼굴을 마주했을 때, 결국 어머니는 인내심의 한계에 달했습니다.

"이제 적당히 좀 해! 우리 가족을 따라다니지 마! 대체 뭘 바라는 거야?"

너무나도 무서워서 어머니는 그 자리에 주저앉아 울기 시작했습니다.

"이야기는 들었습니다."

그나저나 다른 이야기입니다만 활짝 열린 채인 문에 등을 기대면서 서늘한 표정을 짓는, 정체 없이 떠돌아다니는 마녀가 한 명 있었습니다.

누구일까요?

이 집의 안주인은 고개를 들고 물었습니다.

"다, 당신은……?"

그러자 그녀는 머리카락을 휙 넘기면서 말했습니다.

"저는 재의 마녀 일레이나. 강하고 영리한 마녀님입니다. 오늘은 곤란해하는 사람 냄새를 맡고 찾아왔습니다."

"강하고 영리한 마녀님……?"

이 사람 갑자기 무슨 말을 하는 거람……? 하고 고개를 갸웃거리는 부인. 분위기를 풀어볼 심산으로 해본 농담이었는데 상대는 진지하게 받아들이고 말았군요.

"뭐, 그런 것보다. 거기 당신, 스토커 피해로 고민인 모양이네요."

분위기에 휩쓸린 자신의 실언을 그런 것이라는 한 마디로 흘려 넘기면서 이야기를 진행시키는 강하고 영리한 마녀인 저.

"마, 맞아요……! 인형이, 인형이……! 몇 번을 버려도 돌아와요……!"

제 치마를 잡고 매달리며 어린아이처럼 싫어 싫어 하고 흐느껴 우는 부인. 무슨 짓인지.

"이 인형은 아마도 저주의 인형이라 불리는 물건일 테지요. 아마도 따님이 주웠을 때 이 집을 점찍은 것일 테지요."

"네? 어떻게 제 딸이 인형을 주운 걸 아는 거죠……?"

"그 자리에 있었으니까요."

"……당신도 스토커?"

"아닙니다."

그 자리에 우연히 있었을 뿐입니다.

"……이 인형의 저주를 풀어줄 수 있나요?"

"아, 죄송합니다. 말하는 걸 잊었습니다만 저주는 제 전문이 아닙니다.”

그런고로 무리입니다 하고 고개를 젓는 저.

“그, 그런…….”

풀썩 어깨를 늘어뜨리는 부인.

“부인, 마음을 강하게 가지세요. 이런 저주의 인형류는 주인의 마음이 약해진 순간을 노리는 법입니다. 약한 모습을 보여서는 안 돼요.”

책을 읽어 안 지식이기는 합니다만, 저주의 인형의 목적은 대체로 주인의 마음을 약하게 해서 목숨을 노리는 경우가 많은 모양이었습니다.

“하지만, 하지만……. 마음을 강하게 가지라고 해도, 대체 어떻게 해야…….”

“돈입니다.”

“네?”

“부인, 돈벌이를 하죠.”

“대체 무슨 말을 하는 거야?”

당황하는 부인. 저는 매우 진지한 얼굴로 말했습니다.

“이 인형한테서는 비즈니스의 향기가 느껴지지 않습니까?”

“정말 본격적으로 무슨 말을 하는 건지 모르겠는데요.”

그렇다면 상세한 설명이 필요하겠군요. 저는 그 자리에 웅크리고 앉아서, 아무도 없는데도 부인에게 조용히 귓속말을 했습니다.

“이 인형, 어디에 버려도 멋대로 돌아오지요?”

“네…….”

"그런데, 다른 이야기입니다만 부인은 자주 짐을 부치는 것 같은데요."

현관에서 집 안을 살펴보니 포장된 짐이 몇 개 보였습니다. 생활용품의 개인 매매를 통해서 다소의 수입을 얻고 있는 것일 테지요.

"저쪽 짐에 저주의 인형을 동봉하면 어떨까요?"

"그런 짓을 해도 인형은 어차피 돌아올 거예요……."

"그렇죠. 하지만 인형에게 광고를 붙이거나 하면 좋은 선전이 되지 않을까요?"

개인 판매를 하는 분 중에는 감사의 마음으로 성의 표시 정도의 과자와 편지를 동봉하는 분도 계시다고 들은 적이 있습니다. 대체로 그런 것과 비슷한 느낌으로 인형을 동봉해서, 짐을 받으면 현관 앞에 두게 하면 되는 겁니다.

그러면 인형은 멋대로 부인의 집까지 놀아오고, 그 도중에 광고를 하는 것도 가능해지는 겁니다.

즉, 부업을 하는 김에 광고 수입을 얻을 수 있게 되는 겁니다.

"……!"

새로운 비즈니스 기회가 찾아왔다는 사실에 부인의 눈동자가 빛을 되찾았습니다. 그녀는 "그 방법이 있었구나!" 하고 손뼉을 치고 인형을 손에 들었습니다.

이제 그녀의 손안에 있는 것은 그냥 저주의 인형이 아닙니다. 비즈니스 파트너입니다.

"마녀님, 고마워요! 나, 해볼게요!"

이렇게 부인은 저주받은 인형을 이용해 완전히 새로운 비즈니스를 고안한 여성으로서 일약 유명인이 되었습니다. 그녀가 가진 저주의 인형에 주목하여 옷에 회사명을 자수로 넣어달라며 온갖 회사가 나섰고, 그리고 그런 재미있고 웃긴 인형을 한번 보고 싶다며 인형을 목적으로 물건을 주문하는 사람이 끊이지를 않았습니다.

지금은 다양한 회사 로고를 짊어진 인형이 마을을 천천히 걷는 모습은 그 나라에서 하나의 명물이 되었다고 합니다.

"그것참 잘됐네요."

임시 수입을 얻어서 기분을 내며 비싼 찻집에서 우아하게 아침식사를 하고 있을 때의 일이었습니다. 인형 비즈니스를 시작한 그녀의 특집 기사가 신문의 일면을 장식하고 있었습니다.

기사에 쓰여 있길.

『어떤 때든 비즈니스 기회를 민감하게 포착하는 후각을 중요하게 여기고 싶습니다.』

라고 합니다.

그런데 그녀가 큰 돈벌이를 한 배경에는, 잔꾀를 빌려준 마녀가 있었다고 합니다.

그것은 대체 누구일까요?

그렇습니다. 저입니다.

"스승님은 어째서 담배를 피우시나요?"

마법 총괄 협회에서 잡무를 처리하던 중의 일.

실내 금연인데도 개의치 않고 태연하게 담뱃대를 물고서 연기를 폴폴 피워올려 스스로 수명을 줄이고 있는 어두운 밤의 마녀 실라, 스승님이 문득 신경이 쓰여 그런 말을 던졌습니다. 스승님은 "응?" 하고 고개를 돌리더니 "피우고 싶냐?"라고 한마디.

"어떻게 하면 그런 발상이 되는지 이해하기 어렵습니다……."

"아니 어쩐지 탐내는 시선으로 내 담뱃대를 보고 있길래."

"탐내는 시선이라니……."

응시하고 있었을 뿐입니다만…….

"담뱃대나 담배는 피워도 몸에 해를 끼칠 뿐이잖아요? 게다가 옷에도 냄새가 배고. 뭐가 좋아서 피우는 건가요?"

"오호 오호, 궁금한 건가?"

어째선지 의미심장하게 고개를 끄덕이는 스승님. 스승님은 이어서 "그러네……" 하고 허공을 떠다니는 연기를 바라보면서 잠시 생각하더니.

"예를 들면 너한테 좋아하는 사람이 있다고 해보자."

뭔가 묘한 비유를 시작했습니다.

"사람은 사랑에 빠지면 이상해지는 법이라, 그 상대에 관한 것만 생각하게 되잖아? 일을 해도, 놀아도, 문득문득 머리 한구석에는 상대에 관한 게 떠오르지. 잊어버리려고 해도 좀처럼 잊히지 않아서, 오히려 잊으려 하면 할수록 상대에 대한 마음이 강해져."

"음…… 이해가 안 되는 건 아닐, 지도 모르겠네요……."

"즉, 나한테는 담배가 그런 거야."

"오호라, 요컨대 담배를 사랑하고 있다는?"

"뭐 그런 셈이지."

"……의외네요. 스승님, 연애 경험이 있었던 거로군요."

"어이 어이 나를 누구라고 생각하는 거야? 나는 네 스승님이라고!"

그리고 스승님은 담뱃대를 쳐서 재를 떨어내더니 "연애 경험 같은 게 있을 리 없잖아"라고 한마디.

"…………."

"지금 그건 전부 상상으로 말해봤을 뿐이다."

흥, 하고 의기양양한 스승님.

"뭐, 네가 말하고 싶은 것도 안다. 아마도, 금연하라는 말이라도 하고 싶은 거겠지?"

"맞아요. 맞아요. 몸에 나쁘잖아요?"

나는 고개를 끄덕였습니다. 그러나 스승님은.

"또 사랑을 예로 들어서 미안하지만, 너, 사랑을 하는 인간이 애달픈 마음을 품는 걸 멈추려면 어찌해야 하는지 알아?"

"저기…… 일단 애써서 상대에 관해 생각하기를 참는다는 걸까요?"

"아니 틀렸어."

스승님은 고개를 젓고, 그러고서 "여기" 하고 내게 손을 내밀었습니다.

금화가 쥐어져 있었습니다.

"……이게 뭔가요?"

그러자 스승님은 한마디.

"담뱃잎이 떨어졌으니까 사다 줘."

과연 담배를 피우고 싶은 기분을 억누르기 위해서는 담배를 피울 수밖에 없다고 말하고 싶은 것일 테지요.

……이거 끊을 생각이 없는 거로군요.

"그런 연유로 나, 스승님 때문에 매일 고민하고 있어요…… 스승님 탓에 매일 가슴이 답답해요."

"네에."

자유의 도시 크노츠에서 일레이나 씨와 재회했을 때의 일입니다.

나는 은근슬쩍 최근의 고민인 스승님의 헤비 스모커 면모와 그로 인해 입고 있는 피해를 일레이나 씨에게 털어놓으며 불평했습니다.

일레이나 씨의 스승님인 프랑 씨는 내 스승님과 예전부터 아는 사이인 듯했고, 그렇다면 일레이나 씨를 통해서 프랑 씨에게 전해달라고 하고, 그리고 프랑 씨가 스승님에게 주의를 줘서 담배를 끊게 하자라고 하는 계획입니다.

어른에게 주의 환기를 할 때는 그에 걸맞은 절차를 밟아, 어른을 통해 의견을 전달하는 편이 좋습니다. 내가 직접 말해본들 기껏해야 불편해하는 정도에서 끝나버릴 게 뻔히 보입니다. 담배 때문에 불편한 건 나인데!

그런고로 일레이나 씨에게 상황을 하나부터 열까지 설명했습니다만.

"우물우물 우물우물."

빵을 먹고 있는 일레이나 씨.

양손으로 소중하게 포장지에 손가락을 대고서 조금씩 소중하게 먹는 모습은 마치 작은 동물. 귀엽다고 하는 개념이 거기에 있었습니다. 저는 넋을 잃고 보았습니다.

이윽고 일레이나 씨는 내 쪽을 보며 고개를 갸웃거렸습니다.

"아, 죄송합니다. 무슨 이야기였죠?"

귀여워. 아니, 하지만.

"이야기를 안 들은 건가요?"

"네? 아니, 들었거든요……?"

눈동자가 요동치는 일레이나 씨. 사랑스러워.

"그럼 내가 무슨 이야기를 했는지, 기억하나요?"

"사야 씨. 그건 제가 먼저 한 질문이에요."

찌릿하고 정색하는 표정을 짓는 일레이나 씨. 사랑스러워.

"스승님 탓에 매일 가슴이 답답하다는 이야기를 했어요."

"아아, 그렇군요. 그랬군요. 즉, 사야 씨가 스승님에게 희미한 연심을 품고 있다는 거로군요."

"아닙니다."

"아뇨 아뇨, 부끄러워할 것 없어요. 사야 씨. 한창 그럴 때니까요. 그런 고민도 할 만하죠."

"아닙니다. 사랑이 아니에요."

그리고 나는 딱 잘라 정색하는 표정을 지으면서 말했습니다.

"내가 연심을 품은 건 일레이나 씨뿐이에요……."

"네네."

성가시다는 듯이 손을 휘젓는 일레이나 씨. 귀여워.

"어라 어라? 일레이나 씨…… 혹시, 부끄러워하고 계신 건가요?"

"부끄러워하고 있지 않습니다."

"과연, 우리 같은 사이쯤 되면 다소의 고백 정도로는 일일이 부끄러워할 것도 없다, 라는 건가요……."

"당신의 그 터무니없이 긍정적인 자세는 어디에서 발휘되는 겁니까……?"

일레이나 씨는 한숨을 내쉬었습니다.

어디에서라고 말씀하신들, 이게 본래의 나입니다. 어디에서라고 말씀하신들, 뭐 변함없이 나 자신을 드러내고 있을 뿐이라고밖에는 말할 도리가 없군요.

"그건 제쳐두고. 일레이나 씨. 조언을 해주세요."

다른 이야기입니다만, 일레이나 씨가 지금 먹고 계신 빵은 내가 산 것입니다.

내 점심용으로 산 것이었는데 딱딱하고 맛없어서 전혀 먹을 마음이 들지 않아 어떻게 처리할까 하던 때, "어라? 좋은 걸 갖고 있네요?" 하고 시골 불량배가 시비를 거는 방식으로 말을 걸어와 내어주는 흐름이 되었던 것입니다. 이런 빵이라도 맛있게 먹는 일레이나 씨는 역시 둘도 없는 빵순이라 말해도 문제가 없을 테지요. 그리고 빵을 드렸으니 조언 하나 정도는 요구해도 될 테지요.

"그러네요……."

이러쿵저러쿵해도 제대로 확실히 내 이야기를 듣고 있던 일레이나 씨는 잠시 손가락을 입가에 대고는 "으음" 하고 귀엽게 생각에 잠겼고.

이윽고 말했습니다.

"솔직하게 가슴이 답답하다고 말하는 편이 좋지 않을까요?"

………….

솔직하게 말한다.

그것이 조언이라니…….

"매우 평범하네요……."

"매우 평범한 빵이었으니까요……."

그럼 다음에는 좀 더 제대로 된 빵을 헌상해야겠다 생각하고서, 그리고 나는 일레이나 씨와 잡담으로 이야기꽃을 피웠습니다.

○

눈치가 빠른 여자란 대체 누구일까요?

그렇습니다. 저입니다.

빵을 먹으며 저는 사야 씨의 상담에 귀를 기울였습니다만, 물론 그녀의 진의는 눈치채고 있었습니다. 제게 일부러 실라 씨의 담배에 관한 고민을 토로한 것은 그 이후를 예상했기 때문이겠지요.

입장상 제자인 사야 씨가 직접 스승님인 실라 씨에게 주의를 준다는 것은 몹시 어려운 면이 있을 테지요.

그런고로 눈치가 빠른 여자인 저는 곧바로 한 인물을 만나러 갔습니다.

먹은 빵만큼의 일은 해야만 하니까요.

“선생님, 안녕하세요.”

벌컥! 하고 숙소 문을 여는 저.

“어머, 일레이나. 어서 와요.”

방에서 느긋하게 있던 프랑 선생님은 갑작스러운 저의 방문을 웃으며 맞아주었습니다.

“노크 정도는 해주세요.”

웃는 얼굴로 주의를 받고 말았습니다.

그건 제쳐두고.

“선생님, 들어주세요. 실은 요즘, 제 친구가 어떤 고민으로 골머리를 썩이고 있습니다.”

“어머나, 그런가요? 어떤 고민이죠?”

저는 말했습니다.

“스승님 옆에 있으면 가슴이 답답해진다는 게 고민이라고 합니다.”

아마도 제 스승님인 프랑 선생님이니, 분명 빠른 눈치를 발휘해서 이 정도의 정보로도 제가 말하고자 하는 바를 전부 이해해주실 테지요.

“과연…….”

그러나 프랑 선생님은 제 상상과 달리 묘한 반응을 보였습니다.

"……참고로 그 친구라는 건 일레이나 본인 이야기인가요?"
"네?"
무슨 말씀입니까?
"자기 자신을 친구로 바꿔서 상담하고 상대의 반응을 본다. 남에게 이야기하기 어려운 내용의 상담을 할 때의 상투적인 수단 중 하나죠."
"그런가요? 이번에는 아닙니다만."
"그나저나, 함께 있으면 가슴이 아프다, 라고요……? 즉 일레이나는 나와 함께 있는 게 싫다, 그런 이야기인가요……? 선생님은 슬퍼요……."
"아닙니다."
"어머나, 아닌가요? 그럼 다른 의미로 가슴이 괴롭다는 뜻이 되는데요……?"
"아뇨, 저기, 선생님. 애초에 그 상담자는 제가 아닙니다……."
너무나도 눈치가 없어서 묘한 분위기가 되기 시작했다는 것을 민감하게 눈치채고, 저는 고개를 저으면서 한숨을 내쉬었습니다.
"사야 씨가 스승님인 실라 씨 때문에 곤란해하고 있습니다."
"어머나."
역시 이렇게까지 설명하면 제가 말하고 싶은 바를 이해해주시겠지요.
라고 생각했습니다만, 직후에 제 기대를 배신하는 것이 제 스승님이라는 분.
"그건 즉……, 무슨 말을 하고 싶은 건가요? 일레이나."

이해하지 못한 겁니까.

눈치가 좋은 여자인 척하고 애매한 이야기를 하면 안 되겠군요.

"방금 이야기를 실라 씨에게 전해주셨으면 합니다."

"과연……. 제삼자를 통해서 자신의 의견을 전달한다. 상당히 말하기 곤란한 내용을 전달할 때의 상투적인 수단 중 하나로군요."

"그렇습니다."

아무튼 부탁합니다, 하고 저는 대충 고개를 끄덕였습니다.

"이야기를 하는 건 상관없지만…… 하지만 괜찮은가요? 지금 상담을 실라에게 전하면, 곤란하지 않겠어요?"

애초에 너무나도 곤란해서 제게 상담을 했을 정도이니 곤란한 일은 없을 거라고 봅니다만.

게다가.

"그녀가 그것을 바라고 있습니다."

담배를 가까이에서 피우면 냄새가 옷에 배고 건강에도 영향이 생기니, 좋을 게 없으니까요. 그야말로 백해무익.

"과연…… 그런 사정이라면, 알았습니다. 협력하죠."

책임이 막중하네요 하고 스승님은 어째선지 몹시 진중하게 고개를 끄덕이는 것이었습니다.

●

"실라……. 당신도 상당히 죄 많은 짓을 하는군요."

"뭐?"

식사 후에 숙소의 한 방에서 담뱃대를 물고 있을 때의 일이었다.

문을 조심스럽게 두드리고 천천히 연 프랑은 심각한 표정을 짓고서 내게 말했다.

"당신 제자인 사야 씨, 최근 상태가 이상하다고 생각하지 않았나요?"

"……?"

질문을 받고 최근 사야와 나눈 대화를 다시 떠올려보았다. 그러나, 애초에 그 녀석은 언제나 상태가 이상하고, 반대로 말하자면 최근 상태가 이상하지 않았던 적은 없다고도 할 수 있었다. 즉 평범했다.

"딱히 평소랑 똑같았는데."

"하아…… 그런가요."

내 대답이 마음에 들지 않았는지, 프랑은 과장되게 한숨을 내쉬면서 위를 올려다보았다.

"뭐야?"

"실라, 진정하고 잘 들어주세요."

"그래."

"요즘, 사야 씨는 당신과 함께 있으면 가슴이 답답하대요."

"가슴이 답답해……?"

무슨 말이지? 하고 나는 고개를 갸웃거렸지만, 프랑은 여기서 다시.

"죄 많은 짓을 저질렀군요. 실라……."

그런 말을 하는 것이었다.

"……뭐?"

가슴이 답답하다는 게 그런 의미? 물리적으로 아프다는 게 아니라 심인적 요인으로 아프다는 거? 진짜로?

"진짜 갑작스럽네……."

돌이켜보아도 내게 그런 기색을 보인 적은 없었고, 평소부터 일레이나에 관한 것만 이야기하기 때문에 완전히 일레이나에게 그런 감정을 갖고 있다고만 생각했는데.

갑작스러운 이야기에 곤혹스러워하는 내게 프랑은 다 안다는 얼굴로 고개를 끄덕였다.

"사랑이란 갑자기 빠지는 거니까요."

"너 무슨 소리를 하는 거야?"

"가까운 친구에게 연애 상담을 하다 보니, 어느새 연애 상담을 받아주던 친구에게 반하고 말았다는 건 흔한 이야기니까요……."

"아니 나는 그 녀석 친구가 아니라 스승인데……."

● ●

"꺄아아아아아! 아파! 가슴이 아파요!"

며칠 전 일레이나 씨에게 받은 조언대로 솔직하게 이야기해보겠다는 작전을 실행한 전말을 알려드리고 합니다.

나는 스승님에 묵는 숙소의 방으로 가서, 평소처럼 창밖으로 담배 연기를 내뿜고 있는 스승님의 모습을 확인하고는 침대로 다이브.

이어서 가슴의 통증을 호소하며 외쳐보았습니다.

담배로 인한 고충을 이렇게나 싶을 만큼 알기 쉽고 정직하게 정면에서 호소해보았습니다.

과연 스승님의 반응은 어떨까요?

"아, 어, 어어…… 그래…… 가슴, 아프냐……."

………….

응?

뭔가요? 이 미묘한 반응은.

"스승님, 왜 그러시나요? 뭔가 상태가 좀 이상한 것 같은데요?"

"상태가, 이상해……? 그래? 그래 보이냐……."

스승님은 담배 연기를 토해내고 심각한 분위기를 자아내면서 말했습니다.

"아니, 딱히 평소처럼 대응하려고 하고 있는데…… 미안, 그런 경험이 별로 없어서 익숙하질 않아……."

"네에."

뭐가 뭔지 잘 모르겠지만 고민이 있나 봅니다.

"스승님, 괜찮으신가요? 괜찮다면 제가 이야기를 들어드릴까요?"

"어…… 아니, 괜찮아……. 너한테 이야기할 수 있는 내용도 아니고."

"자, 자, 그렇게 사양하실 필요 없어요."

쓱쓱 거리를 좁히는 나.

"하지만, 스승님의 고민을 들어드리는 대신에, 제 상담도 들어주셔야 해요."

"그럼 더더욱 이야기하고 싶지 않은데."

"오히려 저는 제 상담만 들어줬으면 싶을 정도인데 말이죠."

"제멋대로네."

"그런고로 일방적으로 이야기할게요. 제 가슴이 아픕니다. 스승님."

"정말로 일방적이네."

그런고로 나는 조언대로 솔직하게 말했습니다.

이러니저러니 해도 나는 일레이나 씨가 제대로 내 의도를 파악해서, 스승님에게 에둘러 담배를 자제해달라고 부탁해주었을 거라 예상하고 있었습니다.

오늘 만난 직후부터 왠지 모르게 피우기 곤란해하는 것이 그 증거일 테지요.

분명 프랑 씨에게 주의를 받았을 테죠. 역시 일레이나 씨는 의지가 되는군요!

아무튼 기대로 가슴 설레며 나는 솔직하게 스승님에게 담배 고충을 이야기했습니다.

그에 대한 스승님의 반응은 이러했습니다.

"……사야, 미안하다. 지금 나는 일 때문에 바빠서, 연인을 만들 여유가 없어."

"?????"

"그래서, 그…… 네 마음에는 답해줄 수 없어."

"???????????"

그때의 내 머릿속은 팽이처럼 빙글빙글 빙글빙글 엄청난 속도로 회전을 시작했습니다. 대체 뭐가 어떻게 돼서 내가 스승님에게 고백한 것 같은 느낌의 흐름이 되어 있는 것일까요? 고백하지 않은 상대에게 어째선지 차인다고 하는 의미 불명의 조금 어색한 공기 속, 저는 사고를 회전시켰습니다. 시계열을 따라 생각해보죠. 우선 어제 내가 일레이나 씨에게 상담한 것이 발단이리라는 점은 틀림없을 테지요. 눈치 빠른 일레이나 씨니까 분명 내가 한 상담을 프랑 씨에게 전해주었을 것은 확실합니다. 그런데 전언이라는 것은 사람에게서 사람에게로 옮겨지면 옮겨질수록 그 내용은 조금씩 형태를 바꾸어가는 것이 아닐까요? 그렇다면 전달 착오가 있었던 거로군요? 틀림없습니다! 정말이지 곤란하군요. 결론에 다다른 나는 단도직입적이면서 간단명료하게 스승님에게 잘못된 부분을 지적했습니다.

"스승님 저는 그 담배 탓에 가슴이 아프다고 말씀드리는 겁니다."

직후, 스승님의 심각한 표정에 빛이 돌아왔습니다.

"응? 아, 뭐? 이거 말이야?"

담뱃대를 탕하고 쳐서 재를 버리고, 스승님은 안도의 흰 숨을 내쉬었습니다.

"프랑 자식…… 심장에 나쁜 방식으로 전하고 말이야."

역시 이야기 전달 착오가 있었나 봅니다. 가슴을 누르는 스승님의 모습이 그곳에는 있었습니다.

그런데.

©Azure

"담배도 심장에 나쁘거든요."

"네네."

성가시다는 듯이 손을 흔드는 스승님.

평소와 같은 상태로 돌아온 스승님은, 이어서 담뱃대에 새 잎을 채우면서 "그런데 너, 심장에 안 좋은 상황에 처했을 때는 어떻게 해야 하는지 알아?"라고 물었습니다.

나는 머뭇거리다가 "그게…… 일단 심호흡한다, 일까요?"

"아니 틀렸어."

고개를 저은 스승님은, 그러고서 "여기" 하고 내게 손을 내밀었습니다.

금화가 쥐어져 있었습니다.

"……뭔가 이 상황은 어제도 있었던 것 같습니다만."

빤히 바라보는 나.

그러자 스승님은 한 마디.

"담뱃잎 떨어졌으니까 사 와."

요컨대 심장에 나쁜 일이 생기면 일단 마음을 진정시키기 위해 담배를 피워야 한다, 라고 말하고 싶은가 봅니다.

과연, 그렇군요.

……역시 이거 그만둘 마음이 없는 거로군요.

나는 나를 낳은 부모의 이름을 모른다.

가장 오래된 기억을 머릿속으로 더듬으면, 다다른 곳은 물 냄새가 코를 찌르는 바닷가의 폐허. 부러진 목재, 모래투성이의 침대, 지면에 달라붙어 있는 옷들, 골조만 남은 민가, 모래에 파묻힌 인형. 눈에 보이는 모든 것이 모래 범벅이 되어 더러워져 있었다. 퍼즐처럼 뿔뿔이 조각조각 찢어서 여기저기에 흩뿌린 것처럼 뒤죽박죽인 풍경 속에서, 내가 쓰러져 있다.

물어보니 이것은 사람들이 영위하던 모든 것이 물에 쓸려가, 무너져버린 풍경이라고 한다.

그리고, 이제 더는 존재하지 않는 내가 태어난 고향의 모습이며, 나는 그 속에서 겨우 발견된 유일한 생존자라고 고아원 선생님은 슬픈 듯 눈을 내리뜨면서 가르쳐주었다. 어째서 슬픈 얼굴을 하느냐고 묻자 선생님은 한층 슬픈 얼굴을 하면서 나를 끌어안았다. 분명 물어서는 안 되는 것을 물은 것이리라고 나는 생각했고, 두 번 다시 같은 질문은 하지 않았다.

고아원에서의 날들은 당시의 내게 지루함 그 이외의 무엇도 아니었다.

정해진 시간에 일어나서, 밥을 먹고, 놀고, 점심이 되면 또 밥을 먹고 잠시 낮잠을 자고서 놀고, 명목 정도로 읽기 쓰기와 바깥 세계의 일을 공부하고, 밤이 되면 밥을 먹고 목욕을 하고 다 함께 사이좋게 취침.

다음 날도 그다음 날도 같은 일을 반복.

고아원에 와서 몇 년의 세월을 보냈는지는 기억나지 않는다.

깨닫고 보니 나는 여덟 살이 되어 있었다.

작은 장난감 같은 세상에 갇혀 지루한 날들을 보내는 중에, 교탁에 선 고아원 선생님은 세계가 얼마나 넓고 아름다운지를 매일 이야기했다.

"——우리 인간 중에는 마력이라고 불리는 좀 재미있는 힘을 자유롭게 다룰 수 있는 마법사라는 사람이 있어요. 마법을 쓸 수 있으면 이런 식으로 재미있는 걸 손안에서 일으킬 수 있답니다."

지팡이를 휘두른 선생님이 우리에게 보여준 것은 눈부시게 반짝이는 별가루. 반짝반짝 우리 주변에 달라붙어, 사라져간 빛의 가루는 마법사들이 다룰 수 있는 마력이라 불리는 힘이라고 선생님은 말했다.

실내에 펼쳐진 아름다운 광경에 아이들 사이에서 기쁨의 박수가 일었다.

나는 박수를 치는 것이 정상적인 반응이라고 생각하고, 뒤늦게 조용히 손뼉을 쳤다.

선생님은 이윽고 우리 중에도 마법사가 있을지 모른다며 지팡이를 한 사람 한 사람에게 건네보았다. 지팡이에 힘을 실어서 희푸른 빛을 내보낸 사람은 마법사예요, 라고 선생님은 말했다.

희푸른 빛이 나온 것은 나뿐이었다. 놀람과 당황이 반반인 드문드문한 박수가 내게 쏟아졌다.

고아원 선생님은 장래 도움이 될지도 모른다며 내게 최저한의 마법 다루는 법을 가르쳐주었다. 마법 쓰는 법. 빗자루로 나는 법.

"언제 도움이 되나요?"

나는 물었다.

선생님은 생긋 웃으며 대답했다.

"여기서 나갔을 때, 분명 도움이 될 거야."

여기서 나갔을 때.

그게 언제인지는 알 수 없었지만, 당시의 내게는 터무니없이 먼 미래의 이야기처럼만 여겨졌다.

때때로, 고아원에 낯선 어른들이 찾아오는 일이 있었다. 어른이 오면 인사를 하라고 선생님이 시켰기 때문에 나는 누군가가 찾아올 때마다 예의 바르게 인사를 했다.

어른들은 그런 나를 보면 "인사도 잘하고 대단한걸" 하고 기뻐했다. 인사를 잘하면 칭찬을 받는가 보다. 어른들이 찾아온 다음이면 꼭 어린이 중 누구 한 사람이 사라졌다.

나한테는 딱히 사이좋은 아이가 있던 것도 아니고, 누구 한 사람 없어졌다고 해서 상실감을 느끼는 일은 없었지만, 갑자기 사람이 사라지면 의문 정도는 갖게 되는 법이다.

그 아이는 어디로 간 거야? 하고 내가 언젠가 물어본 적이 있었다.

그러자 무언가 켕기는 일이라도 있는 것처럼 선생님은 내게서 시선을 돌리며, 대답했다.

"어른이, 바깥 세계로 데려가 주고 있는 거야."

"바깥 세계?"
"그래."
선생님은 눈썹을 늘어뜨리며 내 머리를 쓰다듬었다.
"걱정하지 않아도 너도 분명 데려가 줄 거야. 너는 착한 아이니까."
"착한 아이면 바깥 세계에 갈 수 있는 건가요?"
나는 고아원 문을 바라보았다
언제나 어른들이 열고 들어오는 커다란 문. 동그랗게 뚫린 창으로는, 밖의 눈 부신 햇살이 비쳐들었다.
오늘은 아무도 안 오나 보다.
"그래. ……착하게 기다리고 있으면, 누군가가 발견해줄 거야."
선생님은 내 머리를 쓰다듬었다.
나는 나를 낳은 부모의 이름을 모른다.
자신의 고향이 어디에 있는지도 모른다. 문밖 세계의 일도, 아무것도. 나는 아무것도 모른다.
나는 **착한 아이**가 무엇인지 모른다.
나한테는 아무것도 없다.
나한테 있는 것은 답답함뿐이었다.
그런 생각을 하고 마는 나는 분명 평범한 아이가 아니리라.
좁은 세계에 갇혀서, 아무것도 모르는 채 살아왔다. 흐르는 물에 떠내려가 가라앉은 듯한 숨 막히는 답답함만이 내게 있었다.
시간이 흐르면 흐를수록, 문밖으로 보이는 빛이 멀어지는 것만 같았다.

"……시시해."

지루하고 괴로운 매일은, 내 심장을 갉아 먹었다.

"시시해, 시시해, 시시해……."

착한 아이가 되어 기다리다 보면 언젠가 어른이 나를 데려가 준다. 선생님이 했던 말이 나를 고아원에 묶어두었다.

"매일 언제나 시시해——."

나는 분명 원래는 나쁜 아이일 거라고 생각한다.

"이제, 됐어——."

열 살 무렵의 이야기.

나는 고아원을 혼자서 빠져나왔다.

무언가가 싫어서 고아원을 뛰쳐나온 것이 아니다. 생활은 불편하지 않았고, 아무런 생각을 하지 않아도 고아원 안이라면 살아가는 것이 가능했으니까.

그저 내가 만족하지 못했을 뿐인 이야기다.

혼자서 멋대로 고아원에서 나가면 안 돼요, 라고 어릴 때부터 자주 들었던 말이었지만, 혼자서 걷는 바깥 세계는 자유롭고, 넓고, 기분 좋았다.

"출국하는 거니?"

고아원을 나온 직후에 나는 나라의 문으로 향했다.

나라 안에 있으면 분명 고아원 선생님이 다시 데려갈 것만 같았으니까.

"출국합니다."

내가 고개를 끄덕이자, 눈앞을 막고 있던 병사님이 턱에 손을 대고 떨떠름한 표정을 지었다.

고아원에 자주 오는 어른들이 멀리서 선생님과 이야기를 하면서 내 쪽을 보던 얼굴과 똑같은 표정이었다.

어른들이 나에 관해 어떤 대화를 나누었는지는 모르지만.

그게 좋은 감정에서 나온 표정이 아니라는 것 정도는 당시의 나라도 이해할 수 있었다.

그리고 그 감정을 내게 들키지 않도록, 나와 눈이 마주친 순간 어른들은 언제나 내 앞에서는 꾸며낸 미소를 지었다.

"아가씨, 아빠나 엄마는 근처에 계시니?"

문지기 병사님은 자세를 낮추고 내게 물었다.

나는 고개를 저었고.

"음, 그래……" 하고 조금 전보다 과장되게 떨떠름한 얼굴을 해 보였다.

"유감이지만, 아가씨. 아가씨 나이면 아빠나 엄마의 동의가 없으면 여기서 나갈 수 없어. 일단 집으로 돌아가서, 이야기를 하고 다시 돌아오렴."

"…………."

나는 침묵으로 답했다.

"알았니?"

"…………."

나는 빗자루를 꺼내서 둥실 띄우고, 그 위에 털썩 앉았다. 자세가 안정되면, 심호흡을 하고서, 지면을 가볍게 찬다. 둥실 몸이

대지에서 멀어진다.

"……응? 아가씨? 뭘 하는 거지? 아저씨 말은 들은 거니?"

"…………."

빗자루에 마력을 실었다.

"……아가씨?"

"출국합니다."

직후.

나는 무조건 빗자루로 날아갔다.

"아, 어이! 잠깐 기다려! 어이! 안 된다고! 안 돼애애애애애애애애애애애!"

목소리가 등 뒤쪽에서 울렸다.

뒤를 돌아보니 문지기 아저씨가 뛰어서 나를 쫓고 있는 것이 보였다.

목소리가 멀어져갔고, 들리지 않게 될 때까지, 나는 빗자루로 계속 날아갔다.

깊고 깊게 숨을 들이쉬고, 나는 빗자루로 계속 날아갔다.

자유로 가득한 세상 속으로.

○

그저 좁은 세계에 있고 싶지 않다고 하는 제멋대로인 호기심으로 시작한 나의 여로.

처음으로 방문한 것은 작디작은 마을이었다.

"어머 어머, 귀여운 여행자님이네."

숲속에서 소박하게 살고 있던 마을 사람들은 보기 드문 방문자인 나를 후하게 환영해주었다. 아직 열 살인 아이가 혼자서 여행을 하다니, 예삿일이 아니다. 사정이 있을 게 틀림없다.

그러나 그들은 아무런 말도 하지 않고, 나를 받아들여 주었다.

집락에 숙박 시설 같은 건 없다며 마을 아주머니가 나를 집에 묵게 해주었다. 갈아입을 옷과 짐도 제대로 가지고 있지 않다는 것은 척 보아도 분명했고, 아주머니는 "요즘 애들한테는 좀 옛날 것 같을지도 모르지만" 하고 갈아입을 옷 몇 벌과 가방을 건네주었다.

"……받아도 되나요?"

보답할 게 아무것도 없다.

"되고말고. 어차피 우리 같은 늙은이한테는 필요 없는 거니까."

사복과 함께 마법사다운 복장으로 로브도 받았다. 화려한 흰색 로브였다. 입어보니 나무 냄새가 났다. 줄곧 오랫동안 옷장 속에서 잠들어 있었나 보다. 크기가 맞지 않고 컸기 때문에 아주머니가 내게 딱 맞게 조정해주었다. 마을에 사는 사람들의 이야기를 해주었다.

숲속 마을에서 사는 그들은 다양한 이유로 사람들과의 삶에 답답함을 느끼고, 고향을 떠난 사람들이라고 한다.

같은 이유로 바깥 세계를 방랑하던 사람들이 자연스레 모여들었고, 서로 의지하며 살게 된 것이 이 집락이었다.

"그러니까 네가 혼자서 여기를 찾아왔어도, 아무도 아무것도 묻지 않는 거야."

아주머니는 날 위해 저녁 식사를 준비해주었다.

숲에서 사는 그들에게 맛있는 음식은 버섯이라고 한다. 버섯을 넣은 파스타에, 버섯 수프. 소박한 식사였지만 자급자족하는 그들에게는 그것이 진수성찬이었다.

아주머니는 저녁 식사 후에 나만 괜찮다면 마을에서 살아도 된다고 말해주었다.

다른 동료들도 그걸 바라고 있다고도.

다정한 사람들이었다.

"고맙습니다. 하지만, 저는 여기에 머물 수 없어요."

다음 날이 되자 바로 마을을 떠났다.

그들은 작별 선물로 얼마간의 음식과 돈을 내게 주었다.

어디까지고 다정한 사람들이었다.

그러나 나는 분명 평범하지 않았다.

평범하지 않다는 것을 지적하지 않는 다정한 집락 사람들의 호의에 계속 어리광을 부릴 수는 없었다.

그래서 집락 사람들에게 깊게 고개 숙여 인사하고, 나는 다시 빗자루를 띄웠다.

결코 버섯이 마음에 들지 않아서가 아니다.

○

집락을 떠나 이틀 정도 빗자루를 타고 날다가 평원 한가운데에서 캐러밴 무리와 만났다.

두 대의 마차 바로 옆에서, 세 명의 아이와 젊은 남녀가 담소를 나누고 있었다. 평화로운 광경에 넋을 잃고 있으려니, 그들의 시선이 이윽고 나를 포착했다.

"거기! 여행하는 마녀님! 어디로 가는 중이야?"

어디로 가는 중일까?

나 자신도 그 질문의 답을 갖고 있지 못했고, 빗자루는 자연스레 그들 곁에서 멈추었다. 애초에 이 주변에, 내가 빗자루를 타고 가는 방향에 나라가 있는지 어떤지도 나는 몰랐기 때문이다.

그래서 나는 입을 열자마자 우선 "이 주변에 나라가 있습니까?" 하고 물었다.

"이 주변에 나라……? 아니, 아주 가까이에는 없는데———."

캐러밴 무리의 리더로 보이는 남자는 내 말에 당황하며 답했다.

"혹시 본인이 어디로 가고 있는지도 모른 채 빗자루로 날고 있던 거니……?"

"네."

"너, 상당히 특이하구나……."

이해하고 있습니다.

"누나, 미아야?"

리더로 보이는 남자 뒤에서 작은 아이가 물었다. 다섯 살 정도 되어 보이는 남자아이였다.

미아인지 아닌지도 알 수 없었다.

애초에 미아란 무엇일까?

나는 우선 그 정의를 몰랐다.

"……괜찮다면, 네 이야기라도 들려주지 않을래?"

캐러밴 무리의 리더로 보이는 남성은 대답을 망설이는 내게 상냥하게 미소 지어주었다.

그들도 역시, 다정한 사람들이었다.

들어보니 그들은 가족 경영 캐러밴 무리라고 했다. 광대한 세계를 가족이 함께 여행하면서, 장사를 하고 다니고 있다고 이야기해주었다.

리더인 남성은 일가의 가장이자 대장. 부대장은 그의 아내. 세 아이는 주로 판매를 맡고 있다고 한다.

"아이들한테는 어릴 때부터 넓은 세계를 알려주고 싶었거든――그래서 나는 가족끼리 이 일을 하기로 했어."

내 사정을 어느 정도 듣고서 살짝 동정한 후, 리더인 그는 캐러밴 무리를 만든 사정을 의기양양하게 이야기했다.

옆에 앉은 아내는 "이 아이들은 행복할 거야" 하고 아이들의 머리를 쓰다듬었다.

장남이 일곱 살. 장녀가 다섯 살. 차남이 세 살.

"어릴 때 한 특별한 경험은 반드시 장래의 재산이 될 거야."

마치 꿈을 꾸는 순진무구한 어린아이처럼, 그는 캐러밴 무리를 만들어낸 경위를 이야기해주었다. 그 반짝이는 눈동자를 보고, 나는 고아원에 있던 무렵에 함께했던 아이들을 떠올렸다.

그들이 말하길, 가장 가까운 나라에 도착하기까지 빗자루로 계속 날아도 아마 사흘은 걸릴 거라고 했다.

친절한 그들은 한동안 캐러밴 무리와 행동을 함께 해도 좋다고 이야기해주었다.

나는 그 호의에 기대기로 했다.

그들과의 여행은 일주일 정도 이어졌다.

평화로운 날들이었다. 매일같이 아이들과 웃으면서, 때로는 함께 공부하면서 지냈다. 부대장은 마법을 약간 쓸 수 있는지, 최저한의 마법조차 만족스레 다루지 못하는 내게 기초부터 마법을 가르쳐주었다.

타인의 친절에 기댈 뿐인 날들이었다.

"뭔가 내가 할 수 있는 게 있을까요?"

대장에게 묻자 그는 웃으면서.

"아이들과 놀아주는 것만으로도 우리한테는 큰 도움이 돼"라고 말해주었다. "살짝 연상인 누나랑 일주일 동안 논 경험이라는 것도 재산 중 하나가 될 테니까."

그는 그렇게 말해주었다.

"다양한 일을 하고, 다양한 것을 접하고, 다양한 사람과 만나 이야기하고 친해진다. 많은 일을 경험하면, 그게 인생의 주춧돌이 되는 거야."

일주일이 지났을 무렵에 우리는 한 나라에 도착했다.

그들과는 여기서 작별이다.

"우리는 조금 더 앞에 있는 나라에서 장사를 할 예정이거든——여기엔 잠시 들른 거야."

그렇게 말하며, 대장은 문지기 병사에게 내 신분 증명과 입국을 위한 비용을 대신 내주었다.

작별 선물로 건네받은 것은 약간의 돈이었다.

돈을 받을 만한 일은 하지 않았는데── 하고 내가 고개를 젓자 그는 웃으며 아이의 머리를 쓰다듬었다.

나의 여행은 다정한 사람들에게 온정을 받기만 한다.

나라를 떠나 작아져 가는 캐러밴 무리는 내게 계속 손을 흔들어주었다.

많은 것들을, 이 나라에서 경험하자고 다짐했다.

○

그로부터 일주일 후의 일이다.

"……어째서?"

무일푼이 되었다.

길 위에서 내 배가 꼬르륵거렸다. 예상치 못한 상황에 머리가 어떻게 될 것만 같았다. 뒷골목에서 큰길로 시선을 보내자, 나라의 병사들과 수상한 남자들이 나를 찾아 우왕좌왕하고 있었다. 스쳐 지나가는 사람에게 잿빛 머리카락을 가진 아이를 보지 못했는지 묻고 다녔다.

"어쩌다 이런 일이……."

입국한 직후에는 아무런 문제도 없었다.

받은 돈만으로는 분명 일주일 정도밖에 살 수 없었다. 지낼 곳,

먹을 것, 입을 것. 살아가기 위해서는 많은 돈이 필요하다.

우선 일을 해야만 한다.

찻집, 레스토랑, 숙소, 옷가게, 서점……. 길에는 수많은 가게가 늘어서 있었다. 어떤 곳에서 일하면 좋은 경험이 될까. 열 살의 마법사를 고용해줄까.

나는 조사하며 길을 걸었다.

"얘, 얘, 거기 너."

누군가가 말을 걸어온 것은 그때였다. 고개를 돌리자 노점 바로 옆에 있는 골목에서 남성이 이쪽으로 손짓을 하는 것이 보였다.

"너, 혹시 일을 찾고 있니? 좋은 일이 있는데!"

어머나! 내 마음을 읽을 수 있는 거야? 그렇게, 그때의 나는 무척이나 놀랐고, 남성이 있는 어두컴컴한 골목길까지 비척비척 빨려 들어가듯이 걸음을 옮겼다.

"좋은 일이라니, 뭔가요?"

곧바로 귀중한 경험을 할 수 있겠다며 나는 금세 흥분했다.

"마을 사람들한테 이걸 나눠주며 다녔으면 하는데."

남성이 건넨 것은 작은 바구니. 안에는 사탕이 잔뜩 담겨 있었다.

말하길, 남성은 거리에 과자 가게를 냈고 일주일 후에 문을 연다고 했다. 그 선전용으로 사탕을 나눠주고 다녔으면 한다고 했다.

일을 찾아다니던 나와 선전해줄 사람을 찾던 남성. 이해는 일치했다. 나는 흔쾌히 승낙하고 사탕이 담긴 바구니를 들고 길을 걸었다.

그로부터 며칠 동안, 나는 길을 가는 사람들에게 사탕을 나눠주며 다녔다.

"과자 가게가 문을 엽니다! 꼭 와주세요!"

매일 목소리를 높이며 의욕적으로 일했다.

남성은 마음씨가 좋았고, 매일 나를 위해 식사를 준비해주었다. 숙소에 묵는 것만으로도 매일 적지 않은 돈을 소모하고 있는 내게 식비 걱정이 사라지는 것은 정말로 감사한 일이었다.

일주일 후의 개점일이 다가오면서 남성은 내게 꿈을 들려주었다. 자신의 가게를 열기까지 얼마나 고생했는지, 과자 가게를 열 수 있게 된 것이 얼마나 기쁜지를, 이야기했다.

그러나 일주일 후의 일.

염원을 이루어 개점한 가게 문을 제일 먼저 연 것은, 질이 나쁜 수상한 남자들이었다.

"어이, 이 자식! 우리한테 빌린 돈을 잊은 건 아니겠지? 이런 가게를 태평하게 열기 전에 우선 갚을 게 있지 않냐고."

질이 나쁜 남자들은 남성에게 따지고 덤볐다.

가게 주인인 남성은 질 나쁜 남성들에게 돈을 빌린 모양이었다.

"죄, 죄송합니다……! 죄송합니다! 지금은 돈이 없습니다—— 하지만 가게가 번창하면 반드시 갚겠습니다! 조금만 더——."

"못 기다려! 지금 당장 내놔!"

질 나쁜 남자 중 한 명이 가게 주인인 남성의 멱살을 잡았다. 못 갚겠으면 네 장기를 팔아주겠다며 협박했다.

내가 그때 떠올린 것은 남성이 이야기했던 고생담.

분명 남자에게 돈이 없는 건, 내게 급료를 매일 지불하고 식사를 준비해주었기 때문이리라고 생각했다. 가슴이 아팠다. 깨닫고 보니 나는 질이 나쁜 남자들 앞에 서 있었다.

"자, 잠깐만요! 돈이라면, 돈이라면 제가 낼게요!"

그렇게 나는 가지고 있던 돈을 모조리 질 나쁜 남자에게 건넸다.

무일푼이 되었다.

하지만 괜찮다. 이 나라에 들어오기 전에도, 여행을 시작한 직후에도, 나는 무일푼이었으니까. 이것도 분명 어떤 경험——.

"어이 어이, 아가씨. 사람 우습게 보는 거야? 이런 푼돈으론 부족해."

…………

어? 부족해?

질 나쁜 남자는 내 전 재산을 주머니에 대충 찔러넣은 다음에 감정하듯이 나를 바라보았다.

"아가씨, 자세히 보니 얼굴이 제법 반반한걸. 팔면 괜찮은 값을 받겠어."

…………

안 좋은 예감이 들었다.

"빚 대신에 이 녀석을 받아 가는 것도 괜찮겠는데."

아주 안 좋은 예감이 들었다.

불온한 분위기 속, 나는 가게 주인에게 도움을 바라는 시선을 던졌다.

"…………"

가게 주인은 곧바로 내게서 시선을 돌렸다.

그리고 한마디.

"죄송합니다. 그럼 그 아이를 팔아주세요."

이 자식은 쓰레기라고 그때 나는 확신했다.

그렇게 생각한 다음은 빨랐다. 나는 곧바로 빗자루를 꺼내 가게에서 도망쳤다. 고향을 떠났을 때와 마찬가지로, 전력을 다해 도망쳤다.

"아, 어이! 멈춰! 어이 너희들, 쫓아! 쫓으라고! 절대 놓치지 마!"

큰길을 빗자루로 날면 눈에 띄고 만다. 나는 인파 속에 섞여든 직후에 빗자루를 챙겨 넣고 달리기 시작했다.

잠시 달려서 도망치다 보니 나라의 병사들이 통행인에게 말을 걸고 있는 것이 보였다.

그래. 병사에게 도움을 청하자.

"병사님! 살려주세요! 무서운 사람들에게 쫓기고 있어요!"

나는 병사에게 매달렸다.

"음? 그러니……."

병사는 한창 이야기를 나누던 중에 갑자기 나타난 내게 살짝 놀라며 눈썹을 치켜올리고, 내 어깨에 손을 올렸다.

"그건 정말이니? 그 무서운 사람들이라는 건 어디에 있지?"

"그게……."

주변을 돌아보았다.

필사적으로 도망친 보람이 있었는지, 질 나쁜 남자들은 어디에도 없었다.

지금 상황을 대체 어찌 설명하면 좋을까. 어린 머리로 나는 생각했다.

"그나저나 마침 잘됐구나. 나도 실은 널 찾고 있었거든. 너, 일주일 전부터 사탕을 나눠주고 다녔던 여자아이 맞지?"

"응? 어, 그게, 네…… 그런데요."

"네가 나눠주고 다닌 사탕의 성분은 알고 있니?"

"……네?"

"성분을 조사해본 결과, 네가 나눠주고 다닌 건 중독성이 있는 아슬아슬하게 위법적인 사탕이라고 하던데. 대체 어떻게 된 걸까? 너는 그걸 어디서 구했지? 이것저것 이야기를――."

과연, 이건 틀렸어.

나는 달려서 도망쳤다.

"앗, 너! 멈춰어어어어어어어!"

그리하여 나는 무일푼이 된 데다 병사와 질 나쁜 남자들, 양쪽에게 쫓기는 신세가 되었다.

운이 나빴던 걸까? 아니면 이 나라에 오기까지가 너무나도 운이 좋았던 걸까? 순식간에 모든 것을 잃은 나는 뒷골목을 살금살금 도망 다니며 지냈다.

그들이 나를 잊어줄 때까지 쓰레기 옆에 몸을 숨기며 살아갈까 생각했을 정도였다.

그러나 마법을 쓸 수 있다고 해도 열 살 소녀의 사고회로 따위는 간단히 간파당했다.

질 나쁜 남자들과 병사들은 마치 약속이라도 한 것처럼 뒷골목까지 조사의 손을 뻗어왔고, 그리고 순식간에 나는 그들에게 잡혔다.

불행 중 다행이었던 것은, 질 나쁜 남자들도 병사들도 결코 공모해서 나를 쫓았던 것은 아니라는 점이었다.

“어이, 병사님이 무슨 용건이지? 이 계집애는 우리의 소중한 상품이거든. 손대지 말라고!”

질 나쁜 남자들 사이에서 나는 이미 상품이 되어 있는 모양이었다.

“너희야말로 뭐야? 우리는 그 아이에게 여러 가지로 사정을 묻고 싶을 뿐이야. 그 아이가 만든 수상한 사탕에 대한 피해 신고가 여럿 접수되어 있거든. 책임을 지게 해야 한다고!”

병사들 사이에서 나는 이미 사탕을 만든 악당이 되어 있는 모양이었다.

아아, 이건 너무하잖아.

“저기, 저기, 제가, 아니에요――.”

대체 어디부터 설명하면 좋을까.

나는 어른들에게 둘러싸여 그저 어찌할 바를 몰라 겁을 먹을 뿐이었다. 마법사라고 해도 열 살이라면 이 정도다. 여차할 때 아무것도 못 하고, 그저 그 자리에서 눈물을 흘리는 정도밖에 나는 할 수 없었다.

그러나 큰길에서 커다란 어른들이 여자아이 하나를 둘러싸고 소리를 지르는, 평범과는 거리가 먼 광경이 펼쳐지면 사람들의 주목을 받게 되는 것은 자연스러운 일이라 할 수 있었다.

그들에게 한 소리 하는 사람이 나타나는 것도 또한 자연스러운 일.

"이게 대체 무슨 일입니까?"

나를 두고 다투던 병사들과 질 나쁜 남자들 사이로 끼어든 것은, 투명하리만치 새하얀 머리카락을 가진 여성이었다.

머리카락과 마찬가지로 로브도 흰색이었고, 가슴께에는 별을 본뜬 브로치가 있었다.

나이는 30대 후반 정도로 보였다.

"다 큰 어른들이 대낮부터 어린 여자아이를 둘러싸고 싸움입니까?"

부드러운 말투지만 마법사의 말에는 반박을 용납지 않는 기백이 있었다. 병사들은 한 걸음 물러서서 등을 곧게 폈고, 질 나쁜 남자들은 맥없이 물러났다.

병사 중 한 명이 갑자기 나타난 그 마법사에게 무어라 입을 열려 했다. 사정을 설명하려 했던 것이리라.

그러나 병사가 목소리를 내는 것보다 먼저, 마법사는 고개를 저으면서 답했다.

"사정이 어찌 됐든, 방식이 잘못된 것 아닙니까? 이 아이가 겁먹고 있지 않습니까?"

당신들은 그만 물러나세요── 하고 마법사는 병사들에게 말하더니.

이 아이는 제가 맡겠습니다── 하고 질 나쁜 남자들을 쫓아냈다.

그렇게 뒤숭숭한 것들을 내 주변에서 전부 없앤 다음, 마법사는 나를 내려다보았다.

"무슨 일이 있었는지는 모르지만, 복잡한 사정이 있는 것 같군요."

오세요, 하고 그녀는 내 손을 잡았다.

반박을 허락하지 않고, 나를 그 자리에서 데리고 간 그녀는 자신을 백의 마녀라고 소개했다.

○

백의 마녀는 이 나라에서 사는 마녀라고 한다.

마녀라는 존재를 보는 것은 처음이었다. 마법 실력을 인정받아 별을 본뜬 브로치를 스승님에게 받은 사람을 그리 부른다고 한다.

그녀는 자신의 저택으로 나를 초대하더니.

"마법을 한번 써보겠어요?"

내게 지팡이를 건네면서 물었다. 저택의 응접실에는 물건이 거의 놓여 있지 않았고, 테이블과 소파와 책장 정도가 놓여 있을 뿐이었다. 그러나 나 같이 뭘 모르는 사람이 보아도 그 가구들은 질이 좋았고, 그녀가 유복한 생활을 하고 있다는 것만큼은 확실히 알 수 있었다.

그래서 나는 실수해서 물건들에 닿지 않도록 진중하게 지팡이에서 마력을 내보냈다.

빛이 지팡이 끝에서 새어 나왔다.

"과연."

됐어요, 하고 고개를 젓더니 그녀는 이어서 "그럼 당신 이야기를 들려주겠어요?" 하고 물었다.

내 이야기.

"……어디서부터 이야기하면 되나요?"

아마도 병사들과 질 나쁜 남자들에게 쫓기게 된 경위를 알고 싶은 것일 테지만. 대체 어디서부터 설명하면 좋을까.

망설이는 내게 그녀는 부드럽게 웃어 보였다.

"어디서부터든 상관없어요."

시간이 허락하는 한, 당신 마음이 내킬 때까지, 원하는 대로 이야기를 해보세요―― 백의 마녀는 그렇게 말하고, 긴 이야기가 될 것 같다면 몇 개의 접시에 담긴 쿠키와 마카롱, 그리고 홍차를 가져왔다.

나는 이야기했다.

가장 오래된 기억은 해변의 폐허에 쓰러져 있던 때의 일. 정신을 차리고 보니 고아원 안에서 지내고 있었던 일. 고아원에서의 삶은 숨이 막힐 것만 같았고, 지루했고, 괴로워서, 분명 나는 평범하지 않다고 생각해 뛰쳐나오고 말았던 일. 처음 떠난 여행에서 친절한 집락을 방문했던 일. 그리고 평원을 날아간 며칠 후에 캐러밴 무리와 만나서 여기까지 데려다준 일.

"여기에 오기까지 많은 사람이 저를 도와줬어요."

여행 중에 집락의 아주머니들도, 캐러밴 무리의 사람들도 내게 다정하게 대해주었으니까.

"곤란한 사람에게 친절을 베푸는 게 보통이라고 생각했어요."

좋은 일을 하며 살아가는 것이 평범한 인간이라고, 나는 여행을 하며 생각했다. 내게 다정하게 대해준 그들처럼, 나도 남들을 다정하게 대하고 싶다고 생각했다.

백의 마녀는 내게 물었다.

"당신은 평범해지고 싶어서 여행을 하고 있는 건가요?"

"…………."

답할 수가 없었다.

"평범이란 게 무엇인지를, 저는 아직 잘 모르겠어요."

세상은 모르는 것으로 가득했다.

내게 다정하게 대해준 그들처럼 남들을 친절하게 대하며 살면, 그것이 평범한 삶의 방식이 되리라 생각했는데.

그러나 그 결과, 이 나라에 입국한 지 일주일 만에 나는 남자들에게 속아 전 재산을 순식간에 잃었다.

"눈앞에서 아는 사람이 곤란해하고 있을 때, 손을 내미는 게, 친절하게 대하는 게, 평범한 게 아닌가요?"

나는 백의 마녀에게 물었다.

그녀는 고개를 저었다.

"평범한지 아닌지는 모르겠지만, 이야기를 들은 바로는 이번엔 어리석은 대응이었다는 건 틀림이 없겠네요."

그녀는 부드러운 말투로 달래듯이 이야기했다.

"그 지인이 어떠한 경위를 거쳐 곤란해졌는지는 알아보지 않고, 그저 친절하고 싶다는 동기만으로 손을 뻗어서는 안 됩니다. 도와준 뒤에 무엇이 있을지를 당신은 생각했어야만 해요."

친절이란 다른 사람을 생각해서 행하는 것이며, 자신의 쾌락을 위해 행하는 것이 되어서는 안 됩니다.

그녀는 내게 그렇게 말했다.

그것이 평범이라는 것일까?

나는 진지하게 이야기하는 그녀의 말에 귀를 기울이면서 그런 생각을 했고, 백의 마녀는 그런 내 생각을 전부 꿰뚫어 보고 있었다.

그녀는 다시 입을 열었다.

"당신이 말하는 **평범**이라는 건, 상식이라고 바꿔 말할 수 있어요. 그리고 상식이라는 것에는 명확한 형태가 없고, 인간이 각자 서로 다른 형태로 갖고 있죠."

예를 들자면 접시일까요? 하고 그녀는 쿠키를 집어 들며 말했다.

테이블에 놓인 여러 개의 접시는 같은 모양으로 보였지만, 아주 조금씩 모양과 형태가 달랐다. 상식이란 이와 마찬가지로 똑같아 보여도 사람에 따라서 조금씩 다르다고 그녀는 말했다.

"예를 들면 예쁜 접시에 담긴 쿠키와 마카롱은 맛있어 보이죠? 하지만 이 접시가 지저분하고 일그러져 있었다면 똑같이 맛있게 보일까요?"

상상해보았다. 직후에 나는 고개를 저었다.

"……아니요."

"그렇죠?"

긍정하는 백의 마녀.

사람의 지식과 경험은 상식 위에 올려지는 것이며, 상식이 다르면 지식과 경험을 보는 방식도 달라진다고, 그녀는 지팡이를 휘둘러 접시에서 모든 쿠키를 들어 올리며 말했다.

"그리고 어떠한 형태의 접시가 아름답고, 어떠한 형태의 접시가 더럽고 일그러졌는지도, 안타깝게도 정답은 없어요."

"…………."

나는 시선을 떨어뜨렸다.

적어도 테이블에 남겨진 접시는 누가 보아도 예쁜 물건으로 보였다.

"제가 이 나라를 방문하기까지 만난 사람들은 좋은 사람들이었어요."

작은 집락에서 살고 있던 아주머니들도, 가족 경영 캐러밴 무리의 사람들도, 낯선 내게 다정하게 대해주었다. 분명 이런 사람들처럼 되면, 평범한 사람이 될 수 있으리라고 생각했다.

"그런가요? 저는 그렇게 생각되지 않네요."

백의 마녀는 간단히 고개를 저었다.

"예를 들면, 당신이 지금 입고 있는 그 로브를 준 부인이 누구인지, 당신은 알고 있습니까?"

"……?"

"과거 이 주변 나라에서 자신의 남편을 죽인 마법사가 있었습니다. 마법사는 잡혔고, 10년의 세월을 감옥에서 보낸 다음 사회로 복귀했지만 남편을 죽였다는 사실이 그녀를 사회에서 멀어지게 했고, 갈 곳을 잃고, 나라에서 도망치듯이 떠났습니다. 당신이 입고 있는 건 그 마법사가 사건 당시에 입었던 로브입니다."

"……아."

"여행 도중에는 가족 경영 캐러밴 무리와 만났다고요? 당신이 보기에 그들은 어떻게 보였죠?”

“어떻게라니…….”

당황하면서, 말문이 막히면서, 나는 최저한의 말을 짜냈다.

“행복하게, 보였습니다.”

“그런가요? 그런데 그들은 이전 이 나라에 왔을 때 아이들을 학대하고 있다고 이 나라 주민들에게 강한 비난을 받았죠. 제대로 된 교육을 받을 기회도 주지 않고 어릴 때부터 일을 떠맡고 있는 아이들이 불쌍하다면서요.”

그리고 주민들의 비난을 견디지 못하고 그들은 이 나라에서 도망치듯 떠났다고 했다.

“……하지만.”

적어도, 낯선 내게 친절하게 대해준 그들이 도저히 악인처럼은 보이지 않았다.

고개를 떨군 내게 그녀는 고개를 끄덕였다.

“당신이 보기에 좋은 사람이, 다른 각도에서는 매우 나쁜 사람으로 보이는 일도 있다, 라는 거예요.”

즉, 누가 보아도 옳은 상식 같은 건, 평범 같은 건, 이 세상에는 없는 거라고 그녀는 말했다.

“이야기를 들은 바로는, 당신에게는 명확한 상식이라는 게 아직 없어요. 아직 눈앞의 상식적으로 보이는 사람의 언동을 흉내 내서, 양식 있는 인간인 양 그 상황을 모면하며 행동하고 있는 것에 지나지 않죠.”

그리고 백의 마녀는 지팡이를 넣었다.

허공에 둥실둥실 떠 있던 쿠키들이 테이블로 떨어져 깨졌다.

"……그럼, 어떻게 하면 되나요?"

그녀가 말하는 상식을 손에 넣기 위해서는, 어찌하면 되는가.

"어떻게 하면 저는 평범을 가질 수 있나요?"

나는 모른다. 아무것도 모른다. 모른다는 걸 알았을 뿐, 그 이외엔 아무것도 모른다.

매달리는 심정으로 내가 묻자, 그녀는 간단히 고개를 젓고 "글쎄요. 그건 나도 잘 모르겠어요"라고 답했다.

그리고 부드럽게, 상냥하게 미소 지으며 말을 이었다.

"그러니 나와 함께 공부해보죠."

○

백의 마녀는 아마도 상당히 이상한 사람이리라.

접시를 예로 들어 사람마다 예쁜 접시의 정의는 다르다고 설명했는데, 그 예를 따르자면 그녀가 가진 접시라는 것은 아마도 많은 사람에게 있어 상당히 특이한 형태로 보였으리라고 생각한다.

그녀는 피도 이어지지 않은 생면부지인 나를 마법을 가르칠 제자로서 받아들여 주었던 것이다. 너무나도 넓은 저택에서 혼자 사는 것은 아깝다며 방을 내주고, 마법의 기초부터 모든 걸 가르쳐주었다.

"지금 당장에라도 다시 여행을 떠나고 싶겠지만, 안 돼요. 많은 나쁜 사람들에게 당신처럼 혼자 여행하는 어린아이는 속이기 쉬운 절호의 사냥감이에요. 이대로 당신을 풀어놓으면, 또 똑같이 속아버릴 게 명백하죠."

"그럼 어떻게 하면 되나요?"

내가 고개를 갸웃거리자 그녀는 이 역시 간단히 답했다.

"마녀가 되세요."

자신이 고도의 지식과 기술을 가진 마법사라는 증거와 그에 걸맞은 힘을 가지세요.

그래서 마녀가 될 때까지는 여행으로 돌아가는 걸 허락하지 않겠어요 하고 그녀는 말했다.

그녀는 엄격하면서도 다정한 마녀였다.

마법을 다루는 방법만이 아니라, 여행을 하기 위한 마음가짐부터, 일반적으로 상식이라 불리는 것을 매일 내게 가르쳐주었다.

그녀는 아무래도 나라에서는 나름대로의 지위를 가진 마녀인 듯했다.

매일 그녀의 저택에는 그녀를 의지해 다양한 사람이 문을 두드렸다. 도움 요청에 답할지 어떨지는 돈에 달렸다. 낮은 금액이라면 받아들이지 않고, 너무 높은 금액이어도 그녀는 받아들이지 않았다.

어째서인가요? 하고 묻자 그녀는.

"하찮은 돈으로 마법사의 힘을 빌리려는 인간 중에는 제대로 된 인간이 없기 때문이에요. 그리고 너무 큰 돈을 내놓는 인간은 대체로 의뢰한 시점에서 밝히지 않은 뒷사정을 갖고 있기 때문이에요. 그런 인간은 믿을 수 없어요."

그래서 적당한 금액으로 의뢰를 하는 적당한 사람의 의뢰만 받는다고 그녀는 말했다.

"그게 선생님의 평범인가요?"

"그러네요."

백의 마녀는 고개를 끄덕였다.

수업의 날들이 결실을 맺고, 내가 마녀 견습생이 된 것은 그로부터 5년의 세월이 지났을 무렵의 일이었다.

열다섯 살 생일에, 나는 도라지 코사지를 가슴에 달았다.

마녀 견습생이 된 날부터 본격적인 마법 특훈이 시작되었다.

여행을 하며 살고 싶다면 닥쳐드는 위험을 물리치기 위한 온갖 마법을 배워야만 합니다──라고 백의 마녀는 말했고, 나에게 다양한 마법을 전수했다.

열다섯 살이 되어 마녀 견습생이 된 후부터는 그녀의 일을 돕기도 했다.

마법약 조합과 해수 구제, 물건 찾기와 사람 찾기부터, 물건 만들기나 물건 부수기.

그녀는 마법을 세상을 위해, 사람을 위해 썼다.

그러나 그녀와 조수인 내게 보내진 말은 감사만이 아니었다. 누군가가 휘두른 마법은 다른 누군가의 방해가 되기 때문이다.

나는 그녀와 함께, 사람들에게 인정받고 때로는 무시당하며, 이 나라에서 마법을 배웠다.

"어째서 제게 마법을 가르쳐주시는 건가요?"

백의 마녀에게 한 사람의 마녀로 인정받은 것은 열여덟 살이 되었을 때의 일이었다.

"이제 마녀가 되어도 좋을 때잖아요."

생일을 맞이한 날에 나는 마녀로 인정을 받았다.

"축하해요. 드디어, 여행을 떠날 준비가 갖춰졌네요."

처음 만났을 때처럼 부드럽게 웃는 백의 마녀.

조수로서 일하며 여행 복장으로 산 검은 로브를 입었다. 그녀는 그 가슴께에, 별을 본뜬 브로치를 달아주었다.

소소한 무게가 가슴을 눌렀다.

"당신과 만나서 좋았어요."

평소라면 말하지 않을 법한 말이 자연스럽게 나왔다.

새로운 출발에 고양된 것인지도 모른다.

"그건 이쪽 대사예요."

나와 마찬가지로 그녀도.

"당신이라는 존재에, 나도 일부분 구원을 받았습니다."

나는 고개를 저었다.

"당신을 구원할 수 있을 정도의 마법사는 아직 되지 못했어요."

그러자 내게 이끌린 것처럼 그녀도 고개를 저었다.

"아뇨, 아뇨. 처음 만났을 때부터 구원받았어요. ……이상한 인간이 나 혼자만이 아니라는 사실을 알 수 있었으니까요."

"…………."

"그래서 지난 몇 년간 내 안에서는 나름대로 충실했어요."

나는, 거기서 떠올렸다.

그녀는 언제나, 도움을 바라는 주민에게 정당한 대가 없이는 결코 일을 받아들이지 않았다.

제시된 대가가 너무 크면 의심했고, 너무 작으면 흥미조차 보이지 않았다. 그녀는 언제나, 자신과 가치관이 조금이라도 맞는 사람의 의뢰만 받았다.

그녀는 자신에게 주어지는 것과 그녀가 주는 것이 동등하지 않은 한 결코 남의 바람을 들어주려 하지 않았다.

그녀와 만나 보낸 날들은 내게 행복이었다.

그녀에게도 역시, 그랬는지도 모른다.

"마녀명은 어떤 이름으로 할 건가요?"

그녀는 물었다. 나는 고개를 갸웃거렸다.

"어떤 이름이 좋을까요?"

애초에 당시 내가 잘 아는 마녀는 그녀뿐이었고, 다른 마녀와는 만난 적이 없었다. 마녀를 나타내는 이름으로는 어떤 것이 적절할까.

나는 여기에 이르러 다시 **평범**이란 무엇인지 그녀에게 물었다.

그녀는 단적으로 대답했다.

"이 나라에서는 머리카락 색을 딴 이름으로 하는 게 평범하다고 여겨지고 있어요."

"과연."

그녀를 바라보았다. 희고 아름다운 머리카락이었다. 그렇기에 백의 마녀. 조금 안이한 느낌도 들었지만.

"그럼 저도 똑같이 머리카락 색으로 부탁드립니다."

라며 인사를 한 번.

그녀는 그럼 그렇게 하죠 하고 고개를 끄덕였다.
그리고 내 마녀명이, 그녀에 의해 지어졌다.
머리카락 색을 딴, 안이한 이름.
"재의 마녀."

○

나는 재의 마녀로서 그 후로 오랫동안 여행을 했다.
때로는 옆길로 새면서, 때로는 좋은 일이라 여겨지는 일을 하면서, 때로는 나쁜 짓이라 여겨지는 짓을 하면서, 나는 온 세상을 빗자루로 날아다녔다.
세계는 온갖 평범함으로 넘쳐나고 있었다.
하루하루는 충실했다.
여행을 시작하고서 몇 년이 지났을 무렵에, 제자를 두 명 받았다. 그러고서 두 사람을 마법사로서 키우며 여행을 계속했다.
그리고 두 사람이 제각기 마녀가 되고, 서로 다른 길을 걷고, 또다시 혼자가 되었을 때.
"우리 나라에 오신 것을 환영합니다! 관광입니까?"
나는 시골구석인 나라를 방문했다. 평화롭고, 작고, 이렇다 할 관광 명소도 없는 평범한 나라.
좀처럼 관광객이 방문하지 않기 때문인지, 문지기 병사는 나를 향해 어색하게 경례했다.
나는 고개를 저었다.

“귀향입니다.”

“네? 귀향, 인가요?”

문지기 병사는 눈을 동그랗게 뜨며 팔을 내렸다.

“실례지만, 이름은?”

“재의 마녀라고 합니다.”

“잠시 기다려주십시오! 출국 기록을 확인해보겠습니다!”

귀향이라면 한 번 출국을 했어야만 하는 일이고, 아무래도 이전에 나라를 나갔던 것을 과거 기록에서 확인해야만 하는 모양이었다.

귀향 같은 건 처음 하는 경험이라 당황하고 말았다.

“출국 기록이 없습니다만——.”

이 나라를 떠날 때 나는 아직 재의 마녀가 아니었으니, 당연히 있을 리가 없다.

애초에 정식 출국은 하지 않았으니 더더욱 그렇다.

“빅토리카라는 이름으로 조사해보세요.”

나는 기록을 십수 년 전까지 거슬러 올라가 보라고 알렸다.

이미 꽤 오래전 이야기. 자신은 평범하지 않다고 고민하며 고아원에서 멋대로 빠져나오고, 거기에 더해 나라의 문도 억지로 빠져나간 세상 물정 모르는 마법사의 이름을 이야기하면서.

구체적인 연도까지 지정하자 출국 기록은 간단히 발견되었다.

순간 문지기 병사는 얼굴을 찌푸렸다.

“……불법 출국이라고 되어 있습니다만.”

“그래서 벌금을 내려고 돌아왔습니다만.”

나는 수긍하며 물었다.

"입국할 수 있을까요?"

"입국해주시지 않으면 벌금은 못 내는걸요."

문지기 병사는 옆으로 다가와서 나를 나라 안으로 안내했다. 그리운 평화로운 광경이 문 너머에 펼쳐져 있었다.

"어서 오십시오. 마녀님."

그리고 나는 경례하는 문지기 병사에게 인사를 하면서 문을 통과했다.

평화의 나라 로베타.

여행길의 마지막에 방문한 나라는, 내가 자란 고향이었다.

후기

안녕하세요. 좋은 밤, 좋은 아침입니다 두 달 만이에요! 시라이시 죠우기입니다.

애니메이션 감상부터 바로 들어갑니다만, 대단했죠? 쿠보오카 감독을 비롯해 애니메이션 스태프분들이 그린 『마녀의 여행』 세계관은 제 상상보다도 훨씬 아름답고 멋진 세계였습니다. 매력 넘치는 세계관에 넋을 잃으면서 매주 "이런 세계를 여행하고 싶다"고 생각하며 시청했습니다. 정말로 너무 아름다워. 그리고 OP에서 지휘하는 일레이나 씨 좋아. ChouCho 씨의 ED 테마는 엄청나게 멋졌습니다. 작품을 장식하는 음악들도, 여행 중에 흐를 때마다 가슴 두근거렸습니다.

원작에서 아즈루 선생님이 그린 일레이나 씨도 귀엽고, 코미컬라이즈에서 나나오 선생님이 그린 일레이나 씨도 귀엽고, 일레이나 씨는 대체로 언제나 귀엽습니다만, 애니메이션 쪽에서도 귀여웠습니다. 개인적으로는 7화의 포도 밟는 이야기에서 촌장과 대화하는 일레이나 씨가 좋았습니다. 표정이 휙휙 바뀌는 게 재미있었거든요. 그리고 애니메이션 쪽에서는 혼도 씨를 비롯한 성우분들의 연기도 언제나 즐겁게 듣고 있습니다. 개인적으로는 기쁜 일이 너무 많아서 다 쓸 수 없지만, 아무튼 바쁘고 정신없는 날들 중에도 애니메이션 관련 일만큼은 언제나 기대했던 걸 기억하고 있습니다. 좋은 1년이었어……. 정말로 순식간이었지만.

다른 이야기입니다만, 본업 일로 이런저런 사정이 있어서 2021년 1월부터 도내에 살게 되었습니다. 언제나 『마녀의 여행』 신간이 나올 때마다 아이치현 점포를 방문했었는데, 앞으로는 조금 멀어지겠네요. 일단 현재로는 점포 방문은 지금까지 그대로 하고 싶다고 생각 중입니다. 사인본 많이 쓰고 싶어어. 제 안에서 2020년은 인생의 터닝포인트였다고 생각했던 부분이 있었던지라, 이것을 계기로 생활이 변화하는 것은 불안도 합니다. 그러나 새로운 곳을 여행하러 가는 것 같아서 고양감도 느낍니다. 뭐, 딱히 결혼을 하는 것도 애인이 생긴 것도 아니고 그냥 일하는 장소가 바뀌는 것이니, 변화하는 건 주소지와 생활에서 차가 사라지는 것뿐이지만 말이죠. 일단 현재는 반려동물을 기를 수 있는 집을 찾고 있습니다. 모처럼이니 고양이나 강아지를 기르고 싶어. 고슴도치도 기르고 싶어. 고슴도치 너무 귀엽다니까…….

연말이 되어 애니메이션 일이 어느 정도 일단락되기도 해서 길게 이야기하고 말았습니다만, 뭐 대체로 그런 느낌으로 올해도 정신없이 해왔습니다만, 기쁜 일이 많았습니다.

내년도 그런 식으로 기쁜 일뿐인 일상이 되어준다면 좋겠네요.

그럼 지금부터 각화 코멘트를 시작하겠습니다.

스포일러도 있을지 모르니, 아직 본편을 읽지 않았어~라는 분은 그대로 돌아가 주십시오!

●1장

염원이 이루어져서 드디어 쇼트 스토리 모음집을 낼 수 있게 되어 기쁩니다! 해냈다! 그 덕분에 15권이 갑작스레 12월 간행으로 변경이라는 신기한 일도 있었습니다만, 새로 쓴 부분도 포함해서 페이지 수도 딱 적당한 느낌이 되어 안심했습니다. 새삼 지금까지 냈던 쇼트 스토리 리스트를 정리해보니 생각보다 페이지 수가 많아서 깜짝 놀랐습니다. 이 정도의 분량을 썼던 건가…….

●2장

평소 쇼트 스토리를 쓰는 느낌으로 이번에 새로 쓴 단편입니다. 몇 번을 버려도 돌아오는 인형이라고 하는 아이디어는 괴담의 기본이죠. 너무 기본이라 이제 코미디 느낌으로 묘사하는 것까지 포함해서 기본이 되어가는 듯한 느낌이 안 드는 것도 아니지만요.

●3장

이 이야기는 9권에서 냈던 때의 쇼트 스토리를 중편화한 것입니다. 모처럼의 쇼트 스토리 모음집이니, 쇼트 스토리의 뒷이야기 같은 느낌의 글도 써보면 재미있겠다 생각하며 썼습니다.

●4장

예의 마녀 이야기입니다. 평범을 알지 못해 평범을 동경하며 여행에 나섰다가 고향으로 돌아온 마녀는 그 후, 자신만의 평범을 발견했을 테지요.

마녀의 본명도 슬쩍 썼습니다만, 로마 신화와 그리스 신화에서 같은 역할을 맡은 여신이 있어서, 로마 신화 쪽의 이름을 비튼 것이 예의 마녀의 본명의 유래입니다. 그리스 신화 쪽 이름은 필명의 유래입니다. 딱히 이름은 언제 나와도 상관없었지만 지금까지는 기회가 없었고, 애니메이션 쪽에서 나올 만한 장면도 있었기 때문에 이번 권에서 공개하게 되었습니다. 15권은 애초에 대부분 쇼트 스토리 모음이라, 뭔가 본편과 관련이 있는 것이 하나라도 있는 편이 좋으려나 싶었던지라.

그런고로 『마녀의 여행』 15권이었습니다!

『니케의 모험담』을 전 5권으로 한 것은 "5권까지 『마녀의 여행』이 계속되기를"이라는 바람을 담은 것이기도 했습니다만, 깨닫고 보니 그 세 배나 나왔습니다. 애니메이션이 시작되고부터 계속해서 증쇄가 되고, 다양한 분들에게 "애니메이션 봤어!"라는 말을 들어서 정말 정말 기뻤습니다. 『마녀의 여행』의 WEB 라디오(『마녀의 라디라디』)에 재미로 익명 투고를 한 결과, 혼도 씨에게 평범하게 들켰다고 하는 뜻밖의 사건도 있었습니다만, 그런 사건도 포함해서 즐거운 날들이었습니다.

어쩐지 작품 자체가 이대로 끝나는 건 아닐까 같은 느낌의 후기가 되었습니다만, 『마녀의 여행』 시리즈는 앞으로도 계속되리라고 생각하니 변함없이 응원해주신다면 감사하겠습니다.

내년에도 시리즈는 계속될 테고, 그리고 개인적으로는 드라마 CD 같은 코미디로 가득한 이야기는 쓰면서 즐거운 부분이 많으니 앞으로도 자주 드라마 CD가 나온다면 좋겠다고 생각하고 있습니다.

그럼 슬슬 페이지도 끝나가니 이쯤에서 마무리하겠습니다. 분량상의 문제로 감사와 사죄를 한꺼번에 씁니다만, 애니메이션 원작 코미컬라이즈에 관계없이 『마녀의 여행』이라는 작품에 관여해주시는 여러분, 정말로 고맙습니다. 앞으로도 함께해주신다면 매우 기쁠 겁니다.

그리고 『마녀의 여행』이라는 작품을 접해주신 여러분, 감사합니다!

앞으로도 일레이나 씨의 여행은 계속되니, 응원 부탁드립니다!

그럼 16권에서도 잘 부탁해요!

[마녀의 여행 15]

2023년 7월 15일 1판 1쇄 발행

저 자 시라이시 죠우기
일러스트 아즈루
옮 긴 이 이신
발 행 인 유재옥
본 부 장 조병권
담당편집 정영길
편 집 1 팀 김준균 김혜연
편 집 2 팀 정영길 조찬희 박치우 정지원
편 집 3 팀 오준영 이해빈 이소의
편 집 4 팀 전태영 박소연
미 술 김보라 박민솔
라이츠담당 김정미 맹미영 이윤서
디 지 털 박상섭 김지연
발 행 처 ㈜소미미디어
인쇄제작처 코리아피앤피
등 록 제2015-000008호
주 소 서울 마포구 토정로 222, 403호(신수동, 한국출판콘텐츠센터)
판 매 ㈜소미미디어
마 케 팅 한민지 최정연 박종욱 최원석
물 류 허석용
전 화 편집부 (070)4164-3962, 3963 기획실 (02)567-3388
판매 및 마케팅 (070)4165-6888, Fax (02)322-7665

ISBN 979-11-384-1921-5
ISBN 979-11-5710-752-0 (세트)